KB253725

새들이
찾아오는 집

최복희 수필집

# 새들이 찾아오는 집

1판 1쇄 발행 | 2007년 5월 10일

지은이 | 최복희
발행인 | 이선우
펴낸곳 | 도서출판 선우미디어
　　　　등록 | 1997. 8. 7　제2-2416호
　　　　100-846 서울 중구 을지로3가 104-10
　　　　신성빌딩 403 ☎ 2272-3351, 3352 팩스: 2272-5540
　　　　sunwoome@hanmail.net

Printed in Korea ⓒ 2007. 최복희

값 10,000원

※ 잘못된 책은 바꿔 드립니다.
※ 저자와의 협의하에 인지 생략합니다.

ISBN 89-5658-155-X 03810

| 최복희 수필집 |

# 새들이 찾아오는 집

선우미디어 sunwoomedia

# 수필은 나의 길동무

　요란한 새소리에 창문을 활짝 열었습니다. 방안으로 훅 풍겨 들어오는 바람은 솜털이 살갖을 스치는 듯 보드랍고, 새들이 날고 있는 창공엔 햇살이 찬란합니다.

　봄이 되면 어김없이 내 집을 찾아오는 '찌르레기'를 반기며 표제를 『새들이 찾아오는 집』으로 하여 첫 수필집을 냅니다.

　10여 년 동안 모아놓은 글을 끌어안고 부끄러워 주저하는 내게, 가족들이 회갑기념으로 출판하라고 부추겨 용기를 내었습니다.

　수필을 쓰게 된 것은 전적으로 농촌에 뿌리를 내리고 살기 때문입니다. 젊은이들이 농촌을 기피하는 가운데, 불모지였던 낙농에 꿈을 건 남편을 따라 목가적인 풍경을 떠올리며 농촌생활을 시작했지만 그 일엔 손방이었기에 감당하기 어려웠습니다.

　그 때부터 벗어날 수 없는 현실을 친한 친구에게 하소연하듯 일기를 썼고 어려움을 글로 풀어 내다보니, 고달픈 삶에서도 행복을 찾을 수 있었고 자신감도 생겼습니다.

자연 속에서의 삶이기에 친환경적인 글이 태반입니다. 새들과 가축들이 살아가는 모습을 바라보면서 나도 자연의 일부임을 깨달으며 글을 써왔습니다.

늦깎이로 문단에 입문하여 노마십가(駑馬十駕)의 심정으로 써온 글이지만 여전히 부족합니다. 독자들이 나목 위에 온정을 느낄 수 있는 까치둥지 같은 글 한 편 발견할 수 있기를 바랄 뿐입니다.

수필은 진실된 자기 생활의 고백인 만큼 영원한 길동무로 삼을 것이기에 나의 삶은 외롭거나 쓸쓸하지 않을 것입니다. 수필 공부를 하던 초심으로 글쓰기의 수련을 계속하렵니다.


부족한 저를 문학의 길로 이끌어주신 서정범 교수님, 늘 따뜻한 격려와 용기를 주신 박 선생님께 진심으로 감사를 드립니다. 그리고 내 글의 첫 번째 독자이며 아낌없는 외조를 해준 남편에게 고마움을 전하며 내가 돌보고 있는 외손녀 도현이에게 좋은 선물이 될 것 같아 기쁩니다.

책을 펴내기까지 수고해 준 모든 분들께 깊은 감사를 드립니다.

2007년 새봄

최복희

최복희 수필집

# |제1부| 촌닭

# 민들레꽃

노란 민들레꽃이 갓 깨어난 병아리처럼 귀여워 살짝 건드려본다.

작년 봄, 민들레 몇 포기를 캐다 마당 가장자리에 심었더니, 마당 전체가 민들레밭이 되었다. 무리지어 피어있는 꽃들과 눈맞춤하며 지난 날, 어린 딸이 꺾어다 내게 준 민들레꽃을 받아들고 감격에 겨웠던 추억에 젖는다.

농촌생활이 서툴던 나는 시어머님께 꾸중을 자주 들었다. 결혼 당시 일흔이었던 어머님은 막내며느리인 내가 늘 철없어 보이셨는가보다. 결혼한 지 8년이 되도록 경제권을 주지 않으셨다. 돈을 맘대로 써보지 못하는 사이 딸아이는 초등학교에 입학을 했다.

어버이날을 하루 앞둔 아침이었다. 등교하는 딸에게 3백 원을 건네주며 카네이션 세 송이를 사오라고 했다. 내일 아침에 할머니, 아빠, 엄마의 가슴에 달아드리라고 이르면서. 딸아이에게는 교육도 되려니와 나를 마뜩찮게 여기시는 어머니의 마음에 조금이라도 들고 싶어서였다.

딸아이의 하교시간이 다가오자 가슴이 두근거렸다. 비록 내 심부름이기는 하지만 아이에게 꽃을 받게 된다고 상상하니 마음이 설□다. 마침 우물가에서 빨래를 하고 있는데 딸애가 살금살금 다가와 "엄마!" 하며 등에 업혔다. 나는 반사적으로 "꽃 샀니?" 물었다. 딸애는 멈칫하더니 대답은 않고 눈만 깜박거렸다. 내가 재차 묻자 할머니 꽃만 샀다는 게 아닌가. 아이의 말이, 꽃 한 송이에 2백 원이라고 했다. 나는 학부모가 되도록 외출할 기회가 별로 없어 세상 물정을 몰랐다. 흘러간 세월이 얼마인데 결혼 전에 100원짜리 종이꽃을 사다가 친정부모님 가슴에 달아드린 생각만 하고 있었으니.

딸애는 꽃 한 송이 사고 남은 100원과 노란 민들레꽃을 내밀었다. 돈이 모자라서 아빠, 엄마 꽃을 못 산 대신 하굣길에서 민들레꽃을 따왔다고 하면서. 나는 착하다고 칭찬 한마디 해주곤 흐르는 눈물을 감추려고 돌아서서 하늘만 쳐다보았다. 순간 딸의 맑고 고운 마음씨와 예쁜 행동에 온갖 시름이 다 가셨다.

그 때부터 민들레꽃이 어떤 꽃보다 값지게 보였다.

딸에게 처음으로 카네이션 대신 받은 꽃 선물이기도 하지만 그 끈질긴 생명력을 보면서 나의 생활력도 강해졌기 때문이다.

나만이 간직했던 그날의 감격과 혼자 흘려야 했던 눈물, 이제는 대학생이 된 딸에게 들려주고 싶다.

(1997.)

# 촌닭

기세등등한 장닭이 금방이라도 튀어나올 것만 같은 그림이 들어 있는 계유년 달력을 걸면서 문득 촌닭 소리를 듣던 새댁 시절이 생각나 웃음이 나왔다.

흔히 촌스럽고 어릿어릿하는 사람을 촌닭이라고 한다.

미니스커트에 하이힐을 신고 젊음을 뽐내며 서울에서 직장을 다니다가 결혼하여 농촌생활을 막 시작할 때였다. 아침에 일어나면 한복으로 몸단장을 하고 시어머니께 문안인사를 올린 다음 행주치마를 두르고 굽이 높은 슬리퍼를 신고 하루 일과에 들어갔다. 불 때서 밥을 짓고 고르지 못한 흙 마당을 메주 밟듯 하며 오물이 사방팔방으로 튀는 축사를 드나들어야 하는 상황에서 나의 그런 차림은 가당치도 않았다. 굽 높은 신 때문에 발목을 겹질리고 한복을 주체 못해 쩔쩔맸다. 나의 행동을 보다 못한 어머님이 고무줄바지와 스웨터, 남자 검정고무신을 내놓으셨다. 그 옷으로 갈아입고 거울을 보니 영락없는 부엌데기였다. 시골생활에 익숙하지 못한 나는 이리저리 비켜 서 있기 일쑤였고, 어쩌다 하는 일은 어머니의 눈에 거슬렸다.

가축들이 보기에도 내가 촌닭같이 보였나 보다. 부뚜막에 앉아 있던 고양이조차 내가 부엌에 얼씬만 하면 눈을 흘기며 냅다 도망을 치고, 개에게 밥을 주려고 다가가면 가까이 오지 말라는 듯 으르렁댔다. 마당에 놓아기르던 칠면조까지 나만 보면 날개를 부풀리며 공격해왔다. 나는 그때 날이 밝는 것이 두려웠고 어서 해가 지기를 기다렸다.

내가 시골 일을 못한다손 치더라도 짐승들한테까지 무시를 당하나싶어 오기가 생겼다. 잠시도 쉬지 않고 어머니의 뒤를 졸졸 따라다니며 일을 배우고, 나를 거부하는 고양이나 개에게는 먹을 것을 자주 주며 어르고, 달려드는 칠면조는 회초리로 매운 맛을 보여주었다.

세월이 갈수록 촌닭이었던 나도 약삭빠르고 영악스러운 닭으로 변해가고 있었다. 능숙한 솜씨로 쇠꼴을 베거나 밭을 매면 이웃 아낙들은 촌닭 같던 새댁이 이제는 제법이라고 추켜세웠다. 그럴 때, 어머니는 나를 보며 빙그레 웃으셨다. 고양이도 어느새 내 치마폭에 휘감기며 구르륵거리고, 개도 나에게 꼬리를 쳤다. 그러나 칠면조는 새대가리 소리를 들어도 마땅했다. 회초리 맛을 보고도 여전


최복희 수필집

히 대들었고, 푸성귀를 다듬느라고 정신을 쏟고 앉아 있으면 어느 결에 내 등뒤에 와서 뒤통수를 쥐어박듯 쪼아대더니, 남편 생일상에 올려지는 최후를 맞았다.

그렇게 낯선 환경에 적응하며 촌부로 30년을 넘게 살다보니, 나를 깔보던 가축들도 모두 떠나고 나의 촌닭 시절도 아득히 멀어져 갔다. 어머님도 돌아가시고 자식들도 장성하여 내 품에서 떠났다. 내가 촌닭으로 여기까지 오게 된 것은 늘 사랑으로 감싸주는 장닭 같은 남편이 곁에 있었기 때문이다.

나는 영원한 촌닭으로 남고 싶다. 날로 빛바래가는 늙은 촌닭 곁에는 다홍색 벼슬 하나만 가지고도 나를 설레게 했던 장닭이 서 있으니 촌닭이면 어떠랴.

(2005.)

# 염라대왕이 부러워하는 삶

남편도 집에 없는데 난감한 일이 생겼다.

텃밭에서 일 좀 하고 들어와 보니, 골절상의 후유증으로 거동이 불편한 시아버님이 보행기에 의지하여 운동을 하다가 바닥에 주저앉아 계셨다. 러닝셔츠가 흠뻑 젖어 땀으로 미역을 감은 듯했다. 성한 사람도 움직이기만 하면 땀이 줄줄 흐르는 복달임인데 왜 아니 그렇겠는가. 아직 혼자 운동하기엔 힘이 부치셨나보다.

도저히 미룰 상황이 아니라, 용기를 내어 목욕을 시켜드리겠다고 했다. 사뭇 거부하는 아버님을 안심시키며 욕실 바닥에 큰 수건을 깔고 편히 앉게 해드렸다. 나는 나대로 아버님은 아버님대로 시선을 어디에 두어야 할지 모르는 민망한 시간이 흘렀다. 아무리 구순을 넘었다고 하여도 아들에게조차 보여주기 싫어하는 몸을 며느리에게 내맡기게 된 아버님의 심정이야 오죽 심란하시겠는가. 각오를


최복희 수필집

단단히 하고 목욕 타월에 비누 거품을 내어 등부터 닦아드렸다. 등을 닦을 때는 그래도 수월했는데 마주앉아 닦으려고 하니 아버님이 고개를 숙이고 나를 안 보려고 하시는 게 아닌가.

"제가 눈을 감고 닦아드릴 게요."

얼떨결에 쑥스러운 분위기를 바꿔보려고 다시 이야기를 꺼냈다.

"아버님, 저는요. 얼마 전에 세상을 떠난 테레사 수녀나 다이애나보다 근심걱정 없이 평범하게 사는 제가 더 행복한 여자라고 생각해요."

내 말끝에 아버님은 부드러운 음성으로 그것이 바로 염라대왕이 부러워하는 삶이라고 하시며 들려준 중국의 야화 한 토막이다.

염라대왕이 죽은 자들을 심판하는 자리에서 한 청년에게 말했다.

"너는 젊은 나이에 억울하게 죽음을 당했으니 다시 이승으로 보내줄 테다. 네 소원을 말해 보아라."

"부귀영화도 벼슬도 원치 않습니다. 그저 아내가 밥을 지을 때 불을 때주며 자식들과 근심걱정 없이 평범하게 살기를 원합니다."

청년의 대답에 염라대왕은 노하여 호통을 쳤다.

"네 이놈, 욕심이 너무 과하구나. 그런 자리가 있으면 내가 나가 살겠다."

아버님의 말씀으로 목욕탕의 분위기는 한결 부드러워졌고, 나는 이야기를 들으면서 부지런히 목욕을 끝냈다. 아버님의 몸에서는 맑은 물이 흐르고 내 얼굴에서는 땀방울이 흘러내렸다. 그래도 나는 염라대왕도 부러워하는 생활을 하고 있으니 행복했다.

내가 시골에서 소를 키우며 사는 것을 아는 사람들은 고생이 많을 텐데 잘 참는다며 위로도 하고 칭찬도 한다. 그러나 새댁 시절에는 나이가 어린 탓도 있었지만 매일 젖소들과 전쟁을 벌이다 보면 내 생활을 찾아볼 수가 없어 이 생활을 접고 싶었다. 수시로 『인형의 집』에 나오는 노라까지 동경했는데, 세월이 흐르는 사이에 나는 『여자의 일생』의 주인공인 잔느가 되어 있었다.

아버님이 들려주신 이야기로 내 힘듦이 싹 가셔졌지만 정말 염라대왕도 부러워할만한 삶으로 가꾸어 왔는지 생각해보았다.

남편과 나는 결혼 후 줄곧 바늘과 실처럼 같은 일을 해왔다. 남편이 어미소들에게 사료를 줄 때 나는 송아지에게 우유를 먹이고, 남편이 우유를 짜고 나면 나는 그 기구들을 씻었다. 밭을 갈 때도 뒤따라가면서 씨를 뿌렸다.

이름 있는 날, 값나가는 선물은 주고받지 않았어도 쌀밥에 고깃국이면 우리의 행복은 충분했다. 반듯하게 자라는 자식들이 있고, 우리를 아껴주며 장수하는 부모님이 계시니 무엇을 더 바라겠는가.

그 뒤로는 소박하게 살면서 만족해하는 사람들에게 염라대왕이 부러워하는 삶이라고 말해준다. 대부분 처음에는 그 말이 무슨 뜻인가 의아해하는데, 그때마다 아버님이 들려주신 중국 야화를 전해주면 그때서야 고개를 끄덕이면서 입이 반달처럼 변한다.

소망이 있다면 남에게 베풀며 사는 마음의 부자가 되고 싶다. 사


최복희 수필집

회복지사로 일하고 있는 딸이 어려운 사람 좀 도우면서 살라고 할 때는 내가 남 도울 여유가 어디 있느냐고 얼버무렸다. 살림이 가난해서가 아니라 마음이 가난해서였다.

아인슈타인은 사람들이 장례식장에서 삶에 대하여 5분만 생각에 잠긴다면 세상은 훨씬 아름다워질 것이라고 했다. 정신없이 살다가 타인의 죽음에서 인생의 유한함을 새삼 느끼게 된 때문이 아닐까. 삶이야 어느 한 순간에 끝나버리지만 떠난 자리에서 오고가는 대화가 아름다워야 잘 산 삶이지 싶다.

(1998.)

# 잡초와 힘겨루기

일반적으로 잡초는 불필요한 존재로 여긴다. 나도 예외는 아니어서 봄부터 뜰에 돋아나는 잡초를 모두 뽑아버리게 되는데, 고통의 겨울을 인내하고 땅을 헤집고 올라온 여린 풀포기를 보고 있노라면 안쓰러운 마음이 들어 거르는 때도 있다.

장마가 시작되면 풀들은 제 세상을 만난 듯 쑥쑥 자라 장마가 끝난 후에 넓은 뜰은 온통 잡초밭이 된다.

잡초 중에서도 내가 가장 곤혹스러워하는 상대는 며느리밑씻개이다. 하고 많은 이름 중에 하필이면 말하기도 듣기도 거북한 며느리밑씻개인가. 줄기에는 자디잔 가시가 있어 피부에 닿기가 무섭게 할퀸다. 설마 이런 풀로 뒤를 닦게 하지는 않았겠지만, 예전 며느리들의 한이 서려 있어서인지 생명력이 끈질기다. 이 풀이 무성하게 자라 뒤란 장독대 위를 덮으면 소름이 돋는다.


최복희 수필집

지구상의 모든 생물들이 약육강식하며 살아가고 있는데 나 또한 그들 속의 한 존재로서 잡초와 힘겨루기를 하며 살아가는 것이 아닌가.

잡초와 대결해야겠다고 각오를 하면 힘이 생긴다. 며느리밑씻개부터 낫으로 쳐 내리는 순간 잘려진 줄기가 내 목에 달라붙었다.

"앗 따가워!"

나도 모르게 소리를 지르면서 낫을 내던졌다. 조심조심 줄기를 떼어냈지만 이미 내 목과 팔에 할퀸 자국이 남은 뒤다. 오기가 났다. 낫을 숫돌에 갈아 날을 세우고 다시 걷어냈다. 키 작은 풀들도 만만치 않다. 호미로 몇 번씩 파헤쳐야 뽑힐 정도로 뿌리가 깊이 박혀 있어 잡초와 힘겨루기를 하고 나면 언제나 지쳐버린다.

나를 지켜보던 이웃들은 제초제를 뿌리면 간단할 텐데 왜 생고생을 하느냐고 혀를 찬다. 나도 시골에서 산 지가 몇 해인데 그 방법을 어찌 모르겠는가. 당장 편리한 것만 생각하고 '빈대 한 마리 잡으려다 초가삼간 태운다'는 속담처럼 잡초를 제거한다고 많은 것을 잃을 수는 없지 않은가.

제초제는 땅에 스며들면서 식물은 물론 흙 속에 유익한 미생물까지 서서히 죽여 버려 주위의 땅까지 황폐화시킨다. 인간은 필요에 의해 약을 개발하여 잡초를 제거하는 데는 성공했지만, 결과적으로 인간을 해치고 있다는 사실에는 무감각하다. 법규나 체제는 사람의 노력으로 쉽게 바꿀 수 있지만 완전히 파괴된 자연을 회복하려면 그것이 만들어진 시간만큼 필요하다니 심각한 일이 아닌가. 문명의 이기로 이미 여러 면에서 자연 파괴는 멈출 수가 없는 지경에 이르렀다. 그러나 우리는 되도록 그 파괴의 속도를 늦춰야 하리라.

나는 내가 살고 있는 터만이라도 공해가 덜한 땅으로 만들고 싶다. 힘이 좀 들더라도 내 자손들에게 부끄럽지 않은 터전으로 남기고 싶어서이다.

시어머님이 살아계실 때, 뜰에 나는 잡초 제거는 어머님 몫이었다. 어머님은 그 일을 보람으로 알고 사셨는데 돌아가시자 결국 뜰과 텃밭 손질은 내 몫으로 돌아왔다. 그만큼 내 일이 많아졌는데도 자연 그대로 살기를 원하는 남편은 발목까지 쌓이는 눈도 낙엽도 쓸지 말라고 한다. 봄이면 풀꽃들을 캐다 마당에 질서 없이 심어 놓는다.

남편은 꽃을 보려고 한다지만 나는 잡초로 보일 뿐이다. 나의 고충을 들어주지 않는 남편을 흉이라도 볼라치면 아버님은 '충수 아범은 참사람'이라고 하신다. 자연을 사랑하는 당신 아들이 믿음직스러우신 게다. 나라고 왜 그걸 모르겠는가. 하루라도 잡초와 힘을 겨루지 않고는 뜰도 밭도 풀밭이 되어갈 게 뻔하기 때문이다.

일을 마치고 거실 창가에서 차를 마시며 밖을 내다보았다. 속이 후련하도록 뜰이 훤해졌다. 풀 넝쿨에 묶여 숨도 제대로 못 쉬던 사철나무는 온몸에 햇살을 받고 있으며, 봉숭아꽃 무리도 작은 씨

주머니를 만들어가고 있는 게 보였다. 잡초에 묻혀서 기가 죽어 있던 채송화도 옹기종기 모여 앉아 알록달록한 얼굴을 비비는 모습이 앙증스럽다. 모두들 제자리에서 각자의 모습을 드러내고 있는 뜰의 전경은 수채화 한 폭이다.

나는 자연의 질서 속에서 내가 취해야 할 일을 배워가고 있다. 풀들은 때와 장소에 따라 가치가 다르다. 산과 들에 풀들이 없다면 삶이 얼마나 삭막할까. 그것들은 꽃을 피워 벌과 나비들에게 먹이를, 사람에게는 신선한 공기와 아름다움을 제공해 준다. 뜰의 잡초도 사람보다 먼저 자리 잡고 있었거늘 쓰레기더미에서 시들어가는 잡초를 보니 미안하다.

강자에게 억울하게 짓밟히고 천대를 받으면서도 꿋꿋하게 살아가는 삶을 흔히 잡초에 비유하기도 한다. 어느 시인은 권력 앞에 힘없는 민생을 풀로 표현했고, 권력에 항거하며 투쟁하는 이들은 민초를 대변하는 풀잎 노래를 부른다. 잡초도 인간도 자연의 일부분인 것을, 쓸모없다고 여기던 잡초에서 삶의 의미를 되새긴다.

몇 군데 상처가 나서 쓰리고 손도 옷도 엉망이 되었으나 잡초와 힘 겨루며 자연 속에 사는 것, 이 또한 아름다운 삶이 아니겠는가.

(1997.)

# 달빛 사랑

딸애가 결혼을 한 지 달포가 지났다. 서운함과 그리움이 새록새록 돋아나 잠자리를 딸이 쓰던 방으로 옮겼다. 거기서 잠을 자면 딸애의 체취가 느껴지고 숨소리가 들리는 듯하다.

꿈속에서 환하게 웃으며 대문에 들어서는 딸애를 반기려다가 잠이 깼는데, 둥근달이 열려진 창문으로 넘겨다보고 있지 않는가. 딸애를 만난 듯 반가워 자리를 털고 일어나 창가로 가서 달빛을 맞아들인다. 삼복이 지났다고 밤공기가 제법 선선하다. 달빛을 머금은 풀밭에서 은은히 들려오는 풀벌레소리를 벗 삼아 휘영청 떠있는 달을 보고 있으려니, 딸애가 결혼생활을 잘하고 있는지 궁금하여 잠이 오지 않는다.

요즘은 옛날 같지 않아 전화만 하면 언제라도 목소리를 들을 수 있고 자주 만나기도 하는데 스물여섯 해를 곱게 키워서 낯선 가정


최복희 수필집

에 보낸 어미는 왠지 못 미덥고 안쓰럽기만 하다. 토양이 다른 땅에 옮겨 심은 나무가 뿌리를 내릴 때까지 고통을 겪듯 흔들리지 않고 잘 참아내길 바랄 뿐이다.

딸을 여의는 서운함도 잊은 채 가슴 졸였던 결혼식 날이 떠올랐다. 아버지의 손을 꼭 잡고 다소곳이 입장할 줄 알았던 딸애가 마치 미인대회에 참여하는 후보자처럼 함박웃음을 지으며 당당하게 걸어 들어가 하객들 앞에 섰다. 그리고 결혼식 내내 생글생글 웃었다. 철없어 보여 주의를 주려 했으나 끝까지 내 눈길을 피했다. 예식이 끝나고 나서 조용한 시간에 나무랐더니, 눈물이 많은 엄마가 울까봐 일부러 그랬노라고 하지 않는가. 심지가 깊은 딸의 말에 눈시울이 뜨거웠다.

신혼여행을 다녀와서 하룻밤을 묵은 뒤 정성껏 준비한 이바지를 들려 시댁으로 보내 놓고는 참았던 눈물이 봇물 터지듯 쏟아졌다. 이제는 내 권속에서 떠나는구나 하는 생각과 함께 집안이 온통 빈 집 같았다.

어려서부터 영특했던 딸애는 학교 활동도 다양해 누구에게나 귀여움을 받았다. 테레사 수녀를 존경하고 노벨평화상을 타는 것이 꿈이라더니 대학에 입학하자 봉사하는 동아리에 참여해 그늘진 곳을 찾아다니며 어려운 사람들을 돕는데 힘썼고, 고아원 아이들에게 과외 공부를 가르치느라 밤늦게 귀가하는 때가 많았다. 그런 애를 나는 격려는 고사하고 못마땅하게 여겼다. 수없이 헌혈을 하고 용

돈을 쪼개어 불우이웃돕기 기관에 후원금을 보내더니 졸업 후 전공을 제쳐놓고 사회복지사가 되었다. 언제나 검소하고 외모에 신경을 쓰지 않는 딸애에게 좋은 옷을 권해 보았지만 젊음이란 아름다운 옷을 입고 있기에 별다른 옷이 필요 없다며 아르바이트해서 번 돈으로 내 옷을 사주던 아이다. 사려 깊어서 크고 작은 감동을 안겨주던 딸애에 비하면 내가 해준 것은 빈약했다.

'딸 셋을 시집보내고 나면 기둥뿌리가 흔들린다'는 옛말이 있다. 곱게 기른 딸을 시집보내면서 혼수도 바리바리 해줘야 하는 것이 우리의 결혼문화인데, 우리는 그렇지도 않았다.

자기들도 성인이 되었으니 부모님께 더 이상 도움을 받지 않고 살아보겠다며 단칸방에서 시작하는 살림이니 많은 가구가 필요치 않다고 했고, 예물 또한 사랑의 언약이 담긴 커플링과 손목시계를 주고받았다. 그러는 딸애가 갸륵하면서도 내 가슴이 이토록 아린 것은 무슨 이유일까.

가난하고 소외된 계층을 끌어올려 다같이 잘 사는 사회를 이룩하는데 이바지하겠다는 딸애의 생각을 높이 평가해야 할 일인데, 나는 달갑게 여기지 않았다. 나의 허욕과 이기심이 딸애를 힘들게 한 것 같아 부끄럽다.

한없이 쳐다보아도 눈부시지 않고 어떠한 하소연도 다 들어줄 것 같은 저 달은 어머니의 마음 같다. 그래서 달은 영원한 모성을 상징한다는 것인가. 문득 친정어머니가 보고 싶다. 어머니도 나를


최복희 수필집

시집 보내놓고 가슴앓이를 하셨다고 한다. 도회지에서 농촌으로 시집 가 힘겨운 일을 하게 되어 어머니는 단잠을 못 이루셨다. 입덧을 하느라 음식을 못 먹는다는 소식에 내가 좋아하는 콩국수를 만들어 이고 오셨다. 지금은 문밖출입도 못하도록 건강이 나빠지신 노모는 오히려 내 건강을 염려하신다. 어머니에게 안갚음도 못한 나는 시집 간 딸이 그리워 잠을 설치고 있으니 내 인생 어디쯤에서 그 은혜에 보답하려나.

온종일 직장 일에 시달리는 딸애는 지금쯤 곤히 잠들었겠지. 사랑만 있으면 토굴이라도 행복하리라. 저 달이 초승달에서 만월이 되어 온 누리를 더욱 밝게 비추듯이 딸애도 만월의 희망을 안고 조금씩 채워가는 재미를 느끼며 살아가기 바란다. 앞으로 나는 딸애를 위해 혼신의 후원자가 되어주리라.

시간이 얼마나 흘렀을까. 구름 속을 헤집으며 바쁜 듯이 떠가는 저 달에게 내 그리움을 띄워보낸다. 언젠가는 딸애도 저 달을 보게 되겠지.

(2000.)

# 사랑의 천사

딸애는 내가 병원에 도착하기도 전에 첫 딸을 순산했다. 새벽 공기를 가르며 달려가면서 딸애가 겪고 있을 산고를 생각하니 가슴이 아팠다.

하지만 강보에 싸안은 외손녀와의 첫 만남은 환희요 경이로움이었다. 유난히도 숱이 많은 새까만 머리와 훤한 이마가 제 어미 어렸을 때와 꼭 닮았다. 놀랍고도 흐뭇한 감정이 일었다. 핏줄의 당김이 그런 것일 게다. 외손녀는 병원에서 태어난 지 이틀 만에 내 품에 안겨 우리 집으로 왔다.

딸애가 직장생활을 하기 때문에 외손녀를 돌보게 되었다. 사실은 딸애가 결혼하기 전부터 "네가 결혼해서 아이를 낳더라도 건강 부실로 내가 봐 주지 못할 것"이라고 넌지시 귀띔을 해놓았고, 딸애도 그렇게 하겠다고 했었다. 그러나 막상 결혼하여 아이가 생기니

다짐했던 말들은 헛말이 되고 말았다. 직장을 버리고 집안에 들어 앉는 것도 쉬운 일이 아닌데다가, 배운 만큼 자아실현을 해보겠다 는 것이 딸의 꿈이기 때문에 접으라고 할 수가 없었다.

손녀의 이름은 두 개다. 하나는 태명으로 제 아빠가 붙여준 '똑 똑이'이고, 또 하나는 호적에 오른 '라도현'이다. 나는 똑똑이라고 자주 부른다. 똑똑하게 태어나라는 염원이 담긴 배내이름이니 앞으 로도 똑똑하게 자라라고 그렇게 부른다.

절간처럼 조용하던 집에 아기 울음소리가 울 밖을 넘는다. 말수 가 적은 남편도 똑똑이를 옆에 뉘면 연신 벙싯거리며 어르고, 집에 들어오면 제 방에서 얼굴도 안 내밀던 아들도 똑똑이가 있는 방에 자주 나타나서 팬터마임 연기자처럼 혼신을 다해 아기를 웃겨댄다.

오랜만에 친정 동생이 어머니를 모시고 왔다. 다리 관절로 두문 불출하는 어머님이라 며칠 묵어가시도록 하고 똑똑이 옆에 자리를 깔아드렸다. 어머니는 요즘 방긋방긋 웃는 아기의 재롱을 보며 새 로운 삶의 의욕을 되찾으신 듯하다. 똑똑이와 함께 놀아주며 기저 귀도 갈아주고 우유도 먹이며 힘겨운 노구를 이끌며 방 청소도 하 더니 이제는 아가의 빨랫감까지 도맡아 손빨래로 도와주신다.

아침에 일어나 똑똑이의 잠자는 모습을 보면 웃음이 난다. 신생 아 때는 꼼짝도 않고 자더니만 백일이 지난 요즘은 발로 이불을 차 내어 발치에 밀려나 있고, 네활개를 벌리고 천진스럽게 자고 있다. 나는 살며시 이불을 덮어주고 나서 고양이 걸음으로 나온다.

식사 준비가 얼추 끝날 무렵 아가에게 맘마 주라는 나직한 어머니의 음성이 들린다. 준비해놓았던 젖병을 들고 동동걸음으로 달려간다. 어느새 똑똑이는 외증조할머니의 품에 안겨 손수건을 턱에 대고 젖 먹을 준비를 하고 있다가 나를 보자 눈이 커진다. 금붕어처럼 입을 뾰족이 벌리고 빨리 달라고 옹알대는 모습은 혼자 보기 아깝다.

품에 꼭 안고 우유를 먹이는 백발의 어머니를 보며, 나를 안고 젖을 물리시던 젊은 시절의 어머니를 상상해본다.

꽃 중에 사람 꽃이 제일이라는 말이 있다. 푸른 기가 감도는 맑은 눈동자, 석류 알 같은 입술로 방긋 웃는 아가의 얼굴, 게다가 나날이 늘어가는 재롱을 그 어느 꽃에 비하랴.

엄마가 된 딸애는 전과 달리 매일 전화를 하고, 일찍 퇴근하는 날은 우리 집으로 달려온다. 손녀 덕분에 딸애 얼굴을 자주 보게 되었다.

햇살 든 창가에 고요가 아른거리는 오후다. 똑똑이를 재우려고 토닥여주던 어머니도 아가의 가슴에 손을 얹고 잠이 드셨다. 사랑스러운 두 천사이다.

내가 외손녀를 돌보게 되었다니까 친구들은 고생문이 열렸다며 혀를 찬다. 어떤 이는 1년만 지나면 폭삭 늙어버릴 거라고 겁을 주기도 한다. 하지만 나는 아기를 품에 안은 젊은 엄마의 마음이다. 똑똑이가 잠을 자는 틈을 이용하여 인터넷에 들어가 신세대 육아


최복희 수필집

법도 익히고, 문학동인 모임에 소식도 듣고, 유명 작가들의 홈페이지를 찾아가 좋은 글도 감상하고 있으니 이순(耳順)을 바라보면서 이보다 행복한 삶도 드물지 싶다. 거기에 외손녀를 사랑으로 키우며 연로하신 어머니가 행복해하시지 않는가.

나는 지금부터 어머니를 모시려고 한다. 똑똑이 또한 내 힘자랄 때까지 돌봐주리라. 나 하나 편하자고 허황한 욕심의 갈등에서 헤매던 내게 진정한 사랑과 가치 있는 삶을 깨닫게 하시려고 하나님은 사랑의 천사로 똑똑이를 보내셨는가 보다.

(2001.)

# 할머니의 무덤 앞에서

오랜만에 할머니 묘소의 벌초를 하러 갑니다. 승용차로 가면 두 시간 남짓 걸리는 곳에서 50여 년을 고이 잠들어 계시는 할머니를 철없던 손녀딸이 40여 년 만에 찾아갑니다. 할머니의 깊은 사랑에 목이 메어 차창으로 스치는 산야를 따라 지난날을 떠올려봅니다.

평화롭던 서울 하늘에 천둥처럼 울려 퍼지는 대포소리에 우리 가족은 놀라 보따리를 이고 지고 걸어서 여주군 대신면에 있는 외가로 피난을 했지요. 어느덧 반세기 전의 일이 되어버렸습니다.

동생은 어머니가 업고 언니 오빠는 걸릴 수 있었지만, 아우를 본 저와 건강치 못하셨던 할머니가 문제였나 봅니다. 할 수 없이 저와 할머니는 도중에 아버지를 따라 아현동 집으로 돌아왔습니다. 그 사이에 우리 집은 물론이고 온 동네가 폭격을 당해 아수라장이었습니다. 한 발짝 늦게 떠났더라면 우리 가족은 몰살을 당했겠지요


최복희 수필집

그 생각만 하면 몸서리쳐집니다.

다시 발길을 돌려 무작정 마포 쪽으로 나갔지요. 아버지는 한적한 어느 집에 할머니와 저를 남겨놓고 먹을 것을 구하러 나갔다가, 그 길에서 그만 군용트럭에 강제로 실려가 미군 부대의 노무원이 되었답니다. 그런 줄도 모르고 포화 속에 나간 아들을 밤새워 기다리는 할머니의 심정은 오죽하셨을까요. 날이 새자 할머니는 어린 저를 굶길 수가 없다며 제 손을 잡고 구걸을 나갔습니다. 이 집, 저 집 들르며 마을을 한 바퀴 돌았다지요.

한편 외가에 도착한 어머니는 뒤처진 식구들을 기다리다 못해 다시 상경하였습니다. 몇 날 며칠 우리를 찾아 헤매며 꼬마 여자아이를 앞세운 할머니를 본 적이 있냐고 물었고, 피난민수용소도 살펴보고 시체더미도 뒤져보았다니 그 애타는 심정 어찌 다 헤아릴 수 있겠습니까. 여러 날을 허탕 친 어머니는 몸도 마음도 지쳐서 허망하게 어느 뚝길을 걷다가 뚝밑에서 동네 꼬마와 함께 놀고 있는 저를 발견하고 구르다시피 달려 내려와 기쁨의 상봉을 했지요.

우리는 다시 외가로 향했습니다. 어머니가 저를 업고 부지런히 걸어서 저만치 내려놓고는 다시 돌아와 보따리를 들고 할머니를 부축하여 제가 있는 곳까지 오는 발걸음을 반복하였다지요. 밤이 되면 처마 밑에서 밤이슬을 피했고, 강냉이 죽 한 그릇으로 세 식구가 끼니를 때웠습니다. 자동차로 가면 두 시간도 안 걸리는 거리를 우리는 꼬박 3박 4일을 걸어서 도착했습니다. 외가에 도착한 때는 밤이었어요. 마침 그 날이 외삼촌 생신이어서 우리는 오랜만에 쌀밥에 미역국으로 배를 채웠습니다.

그날 이후, 알 수 없는 병으로 일곱 달이나 병석에 누워만 계시던 할머니는 끝내 한 많은 세상을 버리고 사돈댁 선산에 묻히셨습니다. 할머니는 꽃상여가 아닌 거적에 싸여 통나무를 운반하듯이 이웃 집 남정네들이 메고 갔습니다. 그때 저는 할머니가 왜 그렇게 가셔야만 하는 건지 도무지 알 수가 없었던 어린애였습니다. 그러던 손녀딸은 그곳에서 중학교를 졸업하고 서울로 이사를 하여 성년이 되었고 결혼을 했습니다.

시집가던 날, 어머니는 제게 친정 생각은 말고 시부모님 공경하며 시댁에 최선을 다하라고 일렀습니다. 그것이 여자의 도리이며 네가 사랑 받는 길이라고 하면서요.

세월은 흘러 시부모님들도 세상을 뜨시고 제 자녀들도 장성했습니다. 그러는 동안 저는 할머니를 잊고 살았군요. 손자를 보고 나서야 겨우 정신이 드나 봅니다.

어머니 말씀에 따르면 저는 아우를 보면서부터 할머니의 손끝에서 자랐다고 합니다. 할머니의 젖가슴을 파고드는 제게 빈 젖을 물리며 극진한 사랑으로 보살펴 주셨다지요. 그러던 이 손녀딸도 어느덧 머리에 서리가 내렸고 외손녀를 돌보게 되면서 할머니의 애틋한 사랑을 뼈저리게 느낍니다. 저는 요즘 풍요로움 속에서 손녀를 돌보고 있지만 할머니는 전쟁통에 제게 베푸신 사랑이 얼마나


최복희 수필집

컸을까를 되새겨봅니다.

　오랜만에 할머니의 묘소를 찾아와보니 할머니의 봉분 위의 무성한 잡초가 마치 지난날 할머니가 겪으셨던 가시덤불 같아 흐르는 눈물을 손등으로 닦아냅니다. 그때, 어디선가 시원한 바람 한 자락이 불어와 볼을 스치는군요. 할머니의 손길인 듯 느껴집니다. 그리움을 안고 할머니의 무덤 앞에서 큰절을 올립니다. 무심했던 이 손녀딸 용서하소서. 할머니! 제 손녀가 제 나이쯤 되면 저는 할머니 곁에 누워 옛날 얘기를 하고 있겠지요. 할머니…!

(2005.)

# 천국 문 열리던 날

세밑 추위가 몹시도 맵던 날, 친정어머니의 삼우제를 올리고 난 우리 5남매 가족은 어머니의 체취가 남아 감도는 안방에 모여 앉아 그리움에 또 목이 메었다.

2003년 정월 초하룻날 아침, 잠자리에서 일어난 어머니는 왼손 엄지손가락을 감싸 쥐며 아프다고 하셨다. 가까운 병원에서 며칠간 통원치료를 받았지만 어머니의 손은 고무장갑에 바람을 불어넣은 것처럼 부어오르며 정신마저 혼미해지셨다. 마침내 구급차를 불러 다른 병원 응급실을 찾았다. 의사는 뜻밖에도 어머니의 아픈 손을 절단해야 할 만큼 회사(壞死)가 진행되고 있다면서 연세가 많아 그 병원에선 수술이 불가능하다는 거였다.

몇 군데 응급실을 전전하다가 K대 부속병원에서 겨우 치료를 받을 수 있었으나 그곳 의사들 역시 최선을 다하지만 기대는 말라고 했다. 그때의 막막함을 어찌 표현할까. 정밀검사결과는 손가락에 생긴 염증이 노인성 당뇨로 인해 급격히 패혈증(敗血症)으로 진행되었다고 했다.

응급실에서 중환자실로 급히 옮겨진 어머니는 링거병을 주렁주렁 달고 산소호흡기에 겨우 목숨을 걸었지만 의식을 점점 잃어가셨다. 그때 가족들은 마치 홍수에 휩쓸려 가물가물 떠내려가는 어머니를 보고도 속수무책으로 발만 동동 구르는 심정이었다.

며칠 후, 어머니의 의식이 반짝 돌아왔다. 하지만 의사는 야속하게도 마지막 기회가 될지 모르니 보고 싶은 사람들에게 다 연락하라고 하였다. 단 한마디라도 어머니의 말씀을 듣고 싶었는데 힘없이 내 손을 쥐고 눈물만 보일 뿐 허사였다.

사람이 죽어 갈 때 오감 중에 청각이 가장 늦게 소멸된다고 한다. 나는 어머니의 귀에 입을 대고 어린애가 되어 수없이 절규했다.

"엄마 사랑해요."

그러나 마지막 심지를 태우며 꺼져가는 어머니의 생명 앞에서 자식들이 할 수 있는 일은 아무 것도 없었다.

어머니가 중환자실에 누워 계시는 동안 5남매는 머리를 맞대고, 좀처럼 느끼지 못했던 진한 혈육의 정을 확인했다. 어머님 생전에 그런 모습을 보여드렸으면 좀 좋았을까. 뒤늦은 깨달음에 가슴이 저렸다.

발병한 지 26일째 되던 날 새벽, 어머니는 향년 86세를 일기로 다시는 못 올 길을 떠나시고 말았다. 슬픔을 안으로 삭이며 합심한 가족들은 2박 3일 동안 줄을 잇는 문상객들을 정성껏 맞이했다. 오는 분들마다 호상(好喪)이라고 위로했다.

눈보라치던 날씨가 밝인 날엔 햇살이 눈부셨고, 장지에 도착하니 눈이 시리도록 파란 하늘 아래 설경이 아름다웠다. 천국 문이 열린 듯했다. 언 땅에 어머님을 눕힌 후, 나는 흙 한 삽 떠들고 '어머니 편히 쉬세요'라는 말을 얹어 어머니의 가슴에 뿌려드렸다. 흩뿌려지는 흙은 소나기가 되어 온통 나의 가슴을 적시며 흘러내렸다.

한평생 고단한 삶을 사신 어머니, 내가 받은 은혜에 만 분의 일이라도 갚으려는 심정에서 돌아오는 설에는 어머니 무릎에서 재롱 떨던 손녀에게 색동옷 입혀 세배 드리게 하고 꽃 피는 봄이 오면 어머니 모시고 공원 산책하려고 휠체어도 구입했는데, 어찌하여 이 추운 겨울에 서둘러 가셨을까.

형제들이 돌아간 빈자리에서 허전함을 달래며 서성이는 내게, 다정하게 말을 건네줄 것 같은 어머니의 영정에 눈길이 닿자 북받치는 설움에 주저앉고 말았다. 어머니를 하루 빨리 마음에서 떠나보내야 좋은 길로 발걸음을 재촉하신다는데, 얼마나 시간이 흘러야 이 슬픔을 잠재울 수 있을까. 남들은 호상이라고 하지만 어머니의 상(喪)에 호상이 웬말인가. 눈물을 거두고 두 손을 합장했다.

'어머니 근심 걱정 놓으시고 천국에서 고단한 몸 편히 쉬세요.'

(2003.)

| 제2부 |  청개구리의 사랑법

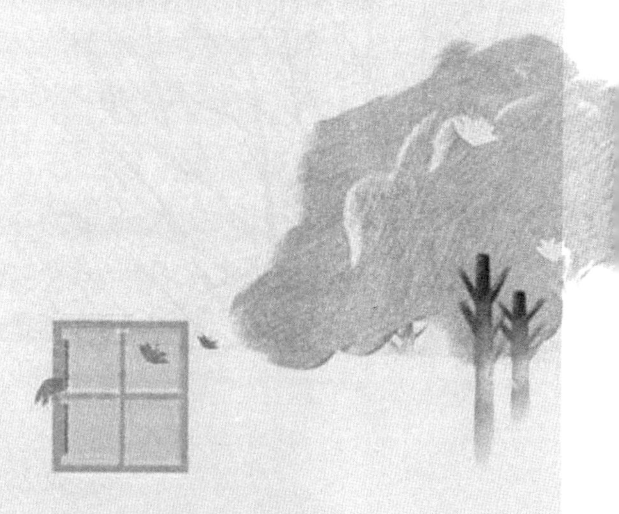

# 까치와 까마귀

난데없이 까마귀 떼가 우리 집 주위를 선회하고 있다. 머리가 쭈뼛하며 왠지 불길했는데, 여러 날이 지나도 불길한 일이 일어나기는커녕 오히려 까마귀에게 친근감이 더해갔다. 참새나 까치는 울안을 서슴없이 들락거려도 까마귀는 먼발치서 부끄러운 길손처럼 기웃거렸다. 까치들의 텃세에 이리저리 쫓기는 꼴은 가엾기도 했다.

나는 가끔 앞마당에 나와 이들의 행동을 숨죽이고 바라보는 게 재미있다. 뜰을 지키던 개는 졸고 있는 듯 조용하고, 참새 두 마리가 날아와 개밥그릇에 사뿐히 앉아 긴장된 모습으로 밥알을 쪼아 먹는다. 그때 덩치 큰 까치가 나타나 남상거리면 눈치 빠른 참새는 밥알을 한 입 물고 포르르 날아간다. 순간 개가 눈을 부릅뜨고 까치에게 달려든다. 하지만 매어 있는 개의 약점을 아는 까치는 코앞에서 밥 한 톨도 못 먹은 것이 분한지 좌우로 서성거린다. 까치의 그런 행동에 약이 오른 개는 허연 이를 드러내고 등에 털을 곤추세우며 으르렁거린다. 전봇대 위에서 군침만 삼키며 내려다보던 까마귀는 밥그릇 싸움판이 끝나기도 전에 날아가 버리고, 나도 그만 동극을 관람한 기분으로 자리를 털고 일어선다.

연약한 참새들에겐 남은 밥알을 내주면서도 욕심 많은 까치는 못 먹게 하는 개와 약자의 먹이를 빼앗으려는 까치, 남의 것에 손대지 않고 치사한 까치를 비웃기라도 하듯 자리를 뜨는 의연한 까마귀, 이들도 인간 세상과 다를 게 없지 않은가.

날이 갈수록 까마귀의 울음소리는 마음씨 좋은 이웃집 아주머니의 컬컬한 음성으로 들리는데, 가을이면 잘 익은 과일이나 옥수수 등을 쪼아 먹어 농부들에게 해를 끼치는 까치의 행동은 점점 눈에 거슬렸다.

어느 날인가 뜰에 날아온 멧비둘기를 까치가 갑자기 덮쳤다. 그때 나는 까치를 겨냥해 손에 잡히는 대로 물건을 냅다 던졌다. 놀란 까치는 멀리 도망도 않고 울타리에 앉아 있고, 필사적으로 도망치던 비둘기는 이웃집 밭에 내리꽂듯 떨어졌다. 그것을 본 까치란 놈은 다시 쫓아가 덮쳤다. 급히 달려가 보니 비둘기는 이미 빈사 상태였다. 이렇게 횡포와 잔악성을 띤 까치는 그동안 사람에게 많은 환대를 받으며 살아왔지 않는가. 좋은 인품으로 믿어왔던 사람의 비행을 목격한 심정이었다.

까마귀와 더 가까이 지내기를 바랐는데 겨울이 지나면서 종내


최복희 수필집

나타나지 않았다. 어디서 왔다가 어디로 갔는지 궁금했다. 까마귀가 해조이거나 흉조이어야 할 아무런 이유도 없이 사람들은 검다는 이유 하나만으로 비방하는 것은 아닌지. 나는 까마귀의 생태계를 알고 싶어 조류 학자에게 전화로 알아보았다.

까마귀는 음식물 찌꺼기나 개구리, 굼벵이 같은 벌레를 잡아먹으며 소나무 숲이나 깊숙한 산 속 아무도 모르는 곳에 집을 짓고 산다는 것이다. 우리 집에 들렀던 까마귀도 겨울에 먹이를 찾아 이동하다가 잠시 머물렀던 것이고, 봄이 되자 번식을 위해 산 속으로 떠났을 거라고 했다.

그리고 까치는 새 중에 폭군이란다. 그 말을 들으면서 무엇이든 겉만 보고 평가하는 것은 이와 같은 오해와 잘못을 범하게 된다는 것을 실감했다. 그렇다고 까치를 미워하고 싶지는 않다. 비록 사람에게 해를 주기도 하지만 우리 정서에 깊숙이 좋은 이미지로 자리잡고 있지 않은가. 가뜩이나 환경오염으로 많은 조류들이 사라져 가는 이 마당에 새가 사람 가까이서 산다는 자체가 아름다운 일이기 때문이다. 다만 까마귀가 우리나라에선 대접받지 못하는 게 안타까울 뿐이다.

일본에서는 예부터 까마귀를 신령스런 새로 여기고 있으며, 미국이나 유럽 쪽에서는 도시의 새로 본다고 한다. 시베리아에서는 까마귀가 쓰레기를 먹어치운다고 해서 청소새라고 부른다. 까마귀는 또 호두 같은 딱딱한 열매나 조개류를 물고 공중으로 날아올라 바위나 아스팔트 등에 떨어뜨려 깨먹고, 먹이를 물어다 비축을 하고는 쉽게 상하는 것부터 먹는 것이 관찰되었다고 하니 기억력이나 지능이 뛰어난 새가 아닌가.

반면에 우리의 풍습, 문화, 문학 속에서는 까마귀를 흉조로 비방하고 있다. 예를 들어보면, 모양이 비슷한 것을 빙자해 남의 것을 억지로 빼앗을 때 '까마귀 까치 집 빼앗다' 하고, 정몽주 어머니의 시조 '까마귀 싸우는 곳에 백로야 가지 마라…'에서도 왕조 찬탈을 노리는 무리를 까마귀에 비유했다. 까마귀가 이 사실을 알면 얼마나 억울할까. 사람이라면 인권을 모독했다고 아우성이었을 게다.

그래도 한 가닥 위로해 줄 수 있는 것은 까마귀를 효조(孝鳥)로 여겼다는 사실이다. 까마귀 새끼가 자라서 늙은 어미에게 먹이를 물어다 주는 것을 반포(反哺)라고 한다.

'뉘라서 까마귀를 검다 흉타 하덧던고/ 반포 보은이 그 아니 아름다운가/ 사람이 저 새만 못함을 못내 슬퍼하노라'고, 옛 노래를 불러 까마귀를 위로해 주고 싶다.

정서가 점점 메말라 가고 있는 이때, 아무쪼록 까치도 까마귀도 우리 곁에 있어 주기를 바라는 마음 간절하다.

우리의 삶 속에서 까마귀에게 대하듯 외모만 보고 사람을 평가하는 일이 얼마나 많은가. 외모보다 속마음이 진실되어야 하거늘, 나도 누구를 겉만 보고 잘못 알고 있는 것은 아닌지 곰곰이 생각해 본다.

(1997.)

# 하얀 비둘기

춤을 추듯 흩날리는 눈을 바라보고 있으려니, 지난겨울에 우리 곁을 영원히 떠나 버린 하얀 비둘기가 그리워진다.

수십 년 농촌에서 살다보니 우리 집 뜰에 찾아드는 새들이 내 식구나 다름없다. 새들이 찾아드는 것은 쉬어갈 나무가 있고, 풀밭이 있고, 젖소들이 먹다 흘린 낟알이 있기 때문이다. 약속이나 한 것처럼 철 따라 날아오는 10여 종의 새들을 기다리며, 자연 생태계의 질서를 지켜보면서 인생을 배우기도 한다.

눈 덮인 한겨울에는 참새, 산비둘기, 까치들이 먹이를 구하러 한꺼번에 몰려와 우리 집 뜰은 소란스럽다.

밤새 눈이 내려 은빛세상이 되어버린 어느 날 아침, 흰 비둘기 한 마리가 날아왔다. 낯선 방문객을 우리는 반가워했는데 비둘기는 소리 없이 불쑥 찾아온 것이 미안한가 보다. 축사(畜舍) 지붕 위에 앉아 갸웃거리며 서슴없이 사료 창고와 축사를 들락거리는 참새들을 부러운 듯 바라보았다. 어디선가 제 친구들과 어울렸던 집비둘기 같다. 밤새 내린 눈 때문에 먹이를 찾지 못해 헤매다가 새들이 잔치라도 벌인 듯이 떠들썩한 우리 집에 들러본 것이 아닐까. 사료를 한 줌 쥐고 마당으로 나가 "구구구" 하며 뿌려 놓고 몸을 숨기고 엿보았다. 잠시 후, 비둘기는 조심스럽게 지붕에서 내려와 사료를 쪼아먹었다.

그 날 이후로 비둘기는 매일 들렀다. 자신을 반겨주는 우리의 마음을 알아차렸는지 손바닥에 모이를 쪼아 먹을 정도로 친숙해졌다. 남편과 나는 시샘하듯 비둘기에게 겨끔내기로 모이를 주며 정을 쏟았다. 비둘기는 그렇게 우리의 새로운 가족이 되었다.

한겨울이 되면 평화로운 우리 집에 공포의 파문이 인다. 엽총을 든 불청객이 불쑥 나타나 정원에 날아온 새들에게 총을 겨누기 때문이다.

하루는 잠시 쉬고 있는데, 갑자기 귀를 찢는 총소리가 들렸다. 급히 방문을 열고 내다보니 엽총을 든 청년이 축사 뒤로 뛰어갔다. 곧 이어 도둑을 뒤쫓듯 따라간 남편이 다급하게 소리쳤다.

"약 좀 가져 와!"

구급 약통을 들고 달려나가 보니, 뜻밖에도 우리가 모이를 주던 비둘기가 피를 흘리며 남편 손에 들려 있었다. 상처 부위를 찾느라고 들여다보는데 가는 다리를 바르르 떨며 작은 눈을 깜박이는 모


최복희 수필집

습이 살려 달라고 애원하는 몸짓 같았다. 그러나 비둘기는 곧 고개를 떨구고 말았다. 침통한 표정으로 비둘기에게 시선을 꽂고 있는 남편을 우두커니 서서 지켜보던 청년이 불쑥 이렇게 말을 내뱉었다.

"아저씨, 보상해드릴 게요."

그는 우리가 기르던 비둘기인 줄 알았던 모양이다. 남편은 어이없다는 눈빛으로 그를 쏘아보았다.

청년은 우리의 아픈 심정을 조금이라도 헤아린 것일까. 인간이 볼 때 비둘기 한 마리의 목숨은 하찮을지 모르지만 비둘기로서는 인간과 마찬가지로 단 하나뿐인 생명이다. 아무리 물질만능 시대라고 하지만 어찌 생명을 값으로 치며, 사람의 상한 마음을 돈으로 치유하겠는가. 포수의 말을 듣는 순간 나는 분노를 참을 수가 없어서 그 자리를 떠났다. 겨울바람은 내 쓰린 가슴을 더욱 움츠리게 했다.

남편은 언 땅을 파고 비둘기를 정성껏 묻어주었다.

다음날 아침, 우리 내외는 여느 날처럼 소들이 한가롭게 놀고 있는 운동장으로 나가 휘 둘러보았다. 어제 내린 눈이 그대로 하얗게 덮인 한 구석에 아침 햇살을 받아 반짝이는 선홍빛! 그 위엔 하얀 깃털이 비스듬히 꽂혀 있었다. 남편과 나는 아무 말도 못하고 돌아섰다.

(1997.)

# 쏙독새 울던 밤

한여름 밤에 우는 쏙독새가 있다. 그 새소리를 어렸을 때 고향에서 듣고, 오랜만에 다시 듣게 되어 밤잠을 설쳤다.

천둥번개가 천지를 진동하고 폭우가 쏟아지던 밤이었다. 천둥소리에 잠이 깨어 뒤척이다가 빗소리가 하도 요란하여 일어났다. 창문을 여니 칠흑 같은 어둠 속에서 "쏴~아!" 하고 파도가 휘몰아쳐 오는 것 같았다. 그때, "쏙독! 쏙독!" 쏙독새 소리가 들렸다. 빗소리에 섞여 들려오는 새소리를 듣고 있자니 문득 고향의 여름밤이 생생하게 떠올랐다.

내 고향은 야트막한 산이 병풍처럼 마을을 감싸고 산자락에 초가가 옹기종기 모여 있는 앞으로 「향수」의 노랫말같이 실개천이 흐르고 있었다. 그때는 모두 어려운 때라 집들도 변변치 않았고, 뒤뜰에 멀찌감치 자리 잡고 있는 뒷간은 거적문을 달고 있었다. 어쩌다 밤중에 뒷간에 가고 싶으면 어머니를 깨웠다. 어머니는 가끔 바깥마당에 있는 두엄더미 옆으로 나를 데리고 가셨다. 낮에는 찌는 듯이 무더웠어도 밤공기는 시원했다. 쭈그리고 앉아서 하늘을 보았다. 깜깜한 하늘에 수많은 별들이 와르르 쏟아져 내릴 것만 같아 팔을 뻗으면 손에 닿을 듯했다. 그때 어디선가 무채를 써는 소리가 들렸다. 나는 그 소리가 쏙독새 소리였다는 것을 나중에야 알았다. 하늘엔 별들이 보석을 뿌려놓은 듯 아름답고, 반딧불이가 요정처럼 주위를 맴도는 가운데 새소리를 들으며 정신을 팔고 앉아 있는 내게 아직 멀었느냐고 재촉하시던 어머니의 목소리가 지금도 들리는 듯하다.

중학교를 졸업하고 가족과 함께 서울로 이사 가서 살다가 다시 농촌으로 시집을 오게 되었다. 그때만 해도 이곳은 고향 마을과 다를 바가 없어서 쏙독새가 울었을 텐데, 농촌의 생활이 고단하여 어떤 새가 우는지 관심조차 갖질 못했다. 머리에 서리가 내리고서야 쏙독새 소리를 듣게 되다니 나이 탓인가 보다.

그 새의 학명은 쏙독새인데 귀신새라고도 한다. 귀신들의 제사상을 차리려고 무채를 써는 것이란다. 아마도 귀신은 이슥한 밤중에만 활동을 한다는 속설이 있어 그런 이야기가 나왔을 것이다. 또 낮에는 보호색을 띠고 나무에 꼭 달라붙어 있어 사람 눈에 잘 띄지 않는다는 것만 봐도 귀신새라는 이름에 일리가 있지 않은가.

지난해부터 어인 일인지 쏙독새 소리가 들리질 않는다. 그 새는 숲 속 풀밭에 서식하며 둥지를 틀지 않고 풀숲에 그대로 산란을 한다고 한다. 그렇다면 이곳도 개발 바람이 불어와 건축물이 늘어나고 논밭에는 농약이 마구 뿌려지면서 환경오염으로 사라진 것이 아닐까. 문명의 발달은 삶의 질을 높여 주었지만 자연환경과 사람의 마음은 황량한 벌판이 되어가고 있음을 실감한다.

내 귀여운 손녀에게 쏙독새 소리를 들려줄 수 있었으면 오죽 좋을까. 그러면 그애도 먼 훗날 나처럼 아름다운 추억을 회상하련만. 앞으로는 옛날을 그리워하며 쏙독새 소리를 환청으로나 들어야할까 보다. 다행히 밤새도록 구슬피 울어대는 소쩍새 소리로 허전한 마음을 달래본다.

(2003.)

# 까투리의 새끼 사랑

손녀를 유모차에 태우고 망우리공원으로 산책을 나갔다. 흐드러지게 피었던 봄꽃들이 어느새 지고 온통 초록 세상이 되어 있었다. 이때쯤이면 새끼 산새들이 어미를 따라 날갯짓을 할 때이다.

숲 속을 넘나드는 산새소리가 어느 때보다도 청량하게 들리는 가운데 사람들의 발길도 유난히 붐볐다. 산들바람이 한 자락 스치고 지나가자 여린 나뭇잎들이 나비처럼 팔랑거리며 일제히 우리를 환영했다. 환희와 기쁨이 가슴속 깊이 스며들었다. 나도 아이와 함께 동요를 부르며 그들에게 화답했다. 늦봄의 향연장이었다.

숲길을 걸어가고 있는데, 송아지만한 개 한 마리가 헉헉대며 주인 손에 이끌려 우리 곁을 급히 지나갔다. 나는 기겁을 하여 옆으로 물러섰다. 저만치 가고 있는 개를 보면서 불청객이라는 생각이 들었다.

느린 걸음으로 산모롱이를 막 돌아섰을 때였다. 앞서 간 개와 주인이 길 저 밑에서 이리저리 뛰어다니며 무엇인가를 찾고 있었다. 나는 유모차를 세우고 그들을 물끄러미 지켜보았다. 잠시 후, 어디서 나타났는지 까투리 한 마리가 안절부절못하며 개가 움직이는 대로 바짝 따라다녔다. 목사리에 달린 줄을 주인이 놓치면 개는 까투리를 한입에 물어버릴 것만 같았다. 가슴을 조이며 그 광경에 빠져들었다. 그런데 그들은 코앞에 있는 까투리는 거들떠보지도 않고 어디선가 삐약거리는 꿩 새끼들을 찾고 있는 눈치였다.

까투리가 뒤 마려운 개처럼 쩔쩔매며 그들 주위를 맴도는데 개 주인 손에는 병아리만한 꿩 새끼 두 마리가 들려 있었다. 그것을 본 까투리는 필사적으로 그 사내에게 달려들 듯 날개를 부풀리며 발을 동동 굴렀다. 그 모습은 새끼를 잃은 어미의 피맺힌 절규였다. 겁에 질린 새끼들은 사내의 손아귀에서 찍 소리도 못했다.

그곳을 지나던 사람들은 하나 둘 발걸음을 멈추고, 사내의 비정함을 묵인한 채 장승처럼 서서 그저 넋을 잃고 바라볼 뿐이었다. 사내가 자리를 뜨자, 까투리는 그제야 체념한 듯 숲 속으로 서서히 사라졌다. 슬픈 여운을 남기며….

나는 여러 해 동안 그곳으로 산책을 다녔다. 그동안 숲 속에서 푸드덕 날아오르며 내지르는 장끼 소리만 들었을 뿐 까투리를 본 것은 그날이 처음이었다. 사람들의 발짝 소리에도 겁먹고 몸을 숨기던 까투리가 보여준 행동은 용감했다. 더욱이 사람도 무서워하는


최복희 수필집

큰 개 앞에서 한 발짝도 물러서지 않고, 목숨 걸고 새끼를 구하려
는 그 힘은 어디서 나오는 것일까. 사람에게 잡혀있는 새끼를 발견
하고 부들부들 떨며 발을 동동 구르는 의미는 바로 종족을 보존하
려는 본능이며 새끼를 사랑하는 모정일 것이다. 그런 사랑의 힘이
있기에 인간을 비롯한 지구상의 모든 동물들이 질서 있게 살아가
는 것이 아니겠는가.

　다시 발길을 옮기며 까투리가 사라진 쪽으로 고개가 자꾸 돌아
갔다. 까투리의 새끼를 빼앗아 가는 남정네의 횡포를 목격하고도
바른 말 한마디 못한 자괴지심(自愧之心)을 느끼면서….

(2004.)

# 청개구리의 사랑가

비가 자주 내리더니 물초가 된 밭에서 개구리 소리가 요란하다. 몇 해 전, 집 주위의 논을 모두 밭으로 만들어버려 사발만한 물웅덩이 하나 없는데 이상한 일이다.

이유야 어찌되었건 오랜만에 듣는 개구리 소리는 옛 친구를 만난 듯 반가워 밤이면 창문을 열어놓고 손녀와 귀를 기울인다.

전에 무논에서 울던 참개구리 소리는 꽈악! 꽈악! 꽉악! 리드미컬하게 꽈리를 부는 듯했다. 그런데 요즘 밭에서 들려오는 개구리 소리는 조가비끼리 빠르게 부딪는 마찰음 같다.

큰비가 올 거라는 기상청 예보가 있는 날은 어둡기도 전에 발성 연습이라도 하는지 엇박자로 소리를 질러댄다. 그날 밤, 논에서 울던 참개구리와 어떻게 다른지 궁금해서 잠이 오질 않았다. 가족들이 잠든 뒤 손전등을 들고 개구리를 찾아 나섰다. 하지만 놈들의 청각이 얼마나 발달되었는지 쥐죽은듯이 조용해져 있는 곳을 가늠하기가 어려웠다. 야채를 심어놓은 비닐하우스로 들어가 먹이를 노리는 야행성 동물처럼 조용히 앉아 기다렸다. 잠시 후, 개구리들이 약속이라도 한 것처럼 일제히 소리를 지르기 시작했다. 그때 갑자기 손전등을 켜고 보니 밭고랑에 엄지손가락만한 개구리들이 턱밑에 울음주머니를 고무풍선처럼 잔뜩 부풀린 채 얼어붙은 듯이 꼼짝을 못했다. 잽싸게 개구리 한 마리를 잡아들고 전등을 가까이 비춰보았다. 양쪽 발가락 끝이 빨판처럼 생긴 것으로 보아 전형적인 청개구리였다. 그들은 내가 불시에 습격한 적으로 알았을 것이다. 살며시 놓아주고 집안으로 들어와 『개구리 과학탐구』 책을 펴보았다.

청개구리 중에는 건조하거나 고온에도 잘 견뎌 나무 위에서 사는 삼림청개구리가 있고, 주로 풀숲에서 사는 슐레겔청개구리가 있다. 내가 발견한 개구리가 슐레겔청개구리였다.

그들의 번식기는 이른봄부터 초여름까지다. 이때가 되면 수컷은 짝을 구하려고 저마다 다르게 흥겨운 노래를 목청껏 부른다. 암놈은 그 노랫소리를 듣고 있다가 마음에 드는 수놈에게 다가가 넌지시 접촉을 해야만 짝짓기를 하게 된다. 이미 짝짓기를 하고 있는 개구리에게 다른 수놈이 덤벼들다가 먼저 암놈을 차지한 수놈의 뒷발에 채여 나가떨어지는 모습을 책에서 보고 절로 웃음이 났다.

하찮은 미물로만 알았는데 놈들은 어쩌면 사람보다 치열한 사랑

을 하고 있지 않는가. 사람에겐 세레나데가 있지만 개구리의 사랑
가만큼 간절할까.

개구리는 허파가 있지만 살갗으로도 숨을 쉬기 때문에 습기를
좋아한다. 비 오는 날이면 더욱 신나게 사랑노래를 부르는 것도 그
때문이다. 온밤을 꼬박 새우며 울음주머니가 터질 것처럼 노래를
불러야 겨우 이루어지는 개구리의 사랑에 비하면 지금 남녀의 사
랑은 너무도 쉽게 이루는 게 아닌가.

오죽하면 요즘 미성년자들 중엔 남녀가 처음 만나서 손을 잡고
그 다음에 만나면 뽀뽀하고 세 번째 가선 깊은 관계를 맺는다는 말
이 항간에 떠돌고, 대학생들의 성 경험 횟수도 해마다 늘고 있다는
사실이 일간신문에 기사화된 것만 봐도 근거 없는 소문은 아닌가
보다. 천륜까지 저버리며 일을 저지르는 사람도 있으니 부끄러운
일이다.

나 또한 남편의 속마음을 뻔히 알면서도 표현을 하지 않는다고
불평만 했지 내가 먼저 사랑한다는 말 한마디 못했다. 그런 면에서
는 나도 청개구리들보다 못하다고 해도 할 말이 없다.

개구리 소리를 듣던 손녀가 갑자기 청개구리 엄마 무덤이 어디
에 있느냐고 묻는다. 언젠가 동화책을 읽어주면서 청개구리가 엄마
무덤이 떠내려갈까 봐 우는 거라고 했던 말이 생각난 모양이다. 오
늘은 다르게 설명해주었다.

'청개구리 이야기'는 교훈이 되게 만든 동화이고, 실제로는 엄마


최복희 수필집

가 죽어서 우는 게 아니라 좋아하는 여자친구에게 들려주는 사랑
노래라고. 아이가 좀더 자라면 남녀의 사랑이란 쉽게 이루어지는
게 아니라는 것도 알려줘야겠다. 그러면 아이는 먼 훗날 좋아하는
사람이 생겼을 때, 내가 들려준 이야기를 떠올리며 옛 추억에 잠기
지 않을까.

창이 밝아온다. 청개구리들의 사랑가도 멎었다. 짝을 구한 청개
구리가 신방을 차리고 깊은 꽃잠에 들어간 모양이다.

(2006.)

# 달맞이꽃이 되어라

난 불교 신자가 아니면서도 가끔 윤회설에 관심을 갖는다. 긴 세월을 젖소들과 개와 함께 살아오면서 내세에서도 이것들과 인연을 맺고 살 것이라는 생각이 든다.

우리 살림의 밑천이 되는 것은 젖소들이지만 이들을 지켜주는 것은 개들이다. 그러니 자연히 개들에게 정성을 쏟게 된다. 개들은 우리의 사랑을 듬뿍 받고 살다가 제 임무를 못하게 될지라도 임종까지 지켜봐 주고 정성스레 뒷동산에 묻어주며 저승에서 다시 만나자고 기원한다.

젖소들은 새끼를 낳고 젖을 내려 제 먹을 것은 물론 우리의 생활비를 대준다. 그러다가 병들어 제구실을 못하게 되면, 몸뚱이 값은 주인에게 돌려주고 인간의 유익한 먹을거리로 일생을 마친다.

불교에서는 이처럼 인간에게 이로움을 주고 살던 소들이 죽으면 사람으로 환생을 한다고도 한다. 우리 소들은 아마도 인간으로 환생하여 현세보다 더 귀한 삶으로 이어지리라고 여기면 떠나보내는 서운함이 조금은 가셔진다.

인간은 최초의 가축으로 개를 키웠다고 한다. 그러기에 개는 지금도 사람 가까이서 친숙하게 지내는가 보다. 우리 개들은 모계 혈통 가족이다. 발정기만 되면 약삭빠른 동네 수놈들이 찾아와 짝짓기를 해서 색깔과 외모는 다르지만 온순하고 영리함은 모두 할미 개를 닮았다. 할미 개와 손녀 개는 한집에 산다. 털이 젖으면 핥아주고 먹을 것을 양보하며 추우면 꼭 붙어 자는 정다운 모습에 감탄한다. 그래서 녀석들은 가족들의 사랑을 받고 자랑거리가 된다.

개는 때때로 살붙이처럼 느껴진다. 어쩌다 한 끼 먹이를 못 줘도 꼬리치며 반기고 외출했다 돌아오면 제일 먼저 반기는 녀석이 개다. 끈이 풀어져 있을 때는 어떻게 아는지 동구 밖까지 마중도 나온다. 그뿐인가 어쩌다 소가 축사를 뛰쳐나와 채마밭을 마구 짓밟으면 큰일이 났다는 듯 안절부절못하며 목이 터져라 짖어서 주인에게 알린다.

진달래 개나리가 흐드러지게 필 때면 나는 개를 데리고 뒷동산에 오른다. 주인과 호강을 누리는 개는 할미 개 흰둥이다. 목사리에 매인 줄을 풀어놓으면 좋아라 날뛰며 질금질금 오줌으로 영역을 확보하고 잔디에 뒹굴며 일광욕을 즐긴다. 흰둥이는 우리 집 개들 중에 고참이니 머지않아 이곳에 묻힐 것이다. 정들었던 많은 개들이 묻혀 있는 이곳이 제가 묻힐 곳이라는 것을 아는 것 같다.

나는 풀밭에 앉아 진달래 꽃잎을 따서 씹어본다. 상큼한 맛이 혀를 자극한다. 주위의 풀꽃들은 죽은 우리 개들이 환생한 듯하다. 풀꽃들과 눈인사를 하고 있는데 어느새 흰둥이가 내 곁에 와 있다.

"흰둥아! 너는 이곳에 묻히면 달맞이꽃이 되어라."

"밤에는 달님 별님과 정답게 놀고 낮에는 네가 뛰놀던 정든 뜰을 내려다보렴."

고개를 갸우뚱거리는 눈빛이 내 말을 새겨듣는 듯하다.

(1997.)

# 벽 속의 쥐

한동안 우리 집에는 쥐들이 들끓었다. 그런데 웬일인지 근년에
와서 그 많던 쥐가 흔적도 없이 사라졌다가 작년 가을에 다시 지하
실에 나타났다. 그리고 연탄을 땔 때, 가스 통로로 사용하던 곳을
흙으로 메워버렸는데 쥐들이 그 흙을 파내고 보금자리를 마련한
모양이다.

처음에는 가을걷이를 해 놓은 호박이며 감자, 고구마 등에 쥐 잇
자국이 조금 나 있기에 한 마리의 짓인 듯하여 눈감아준 것이 실수
였다. 날이 갈수록 배설물이 쌓이고, 창고에 보관된 물건들까지 마
구 쏠아댔다. 보다 못한 남편이 추위도 아랑곳 않고 쥐 소탕작전을
벌였다. 그는 놈들이 벽 속에 분명히 있을 것 같다며 시멘트로 입
구를 메워버리겠다고 했다. 현장을 보고 있으려니 쥐들과 날마다
전쟁을 하던 지난날이 떠올랐다.

목장을 할 때였다. 젖소들의 주 식량이 배합사료이어서 창고에는 언제나 사료가 그득했다. 바로 그 창고가 쥐의 소굴이었다. 이른 아침에 창고 문을 열고 들어서면 사료포대를 뚫어놓고 밤새도록 포식을 하던 쥐들이 인기척에 놀라 사방으로 줄달음쳤다. 그때, 고양이가 곁에 있었지만 떼로 몰려다니는 쥐들을 어쩌지 못하고 그저 멀거니 바라보곤 했다.

비싼 사료를 축내는 쥐들과 자나깨나 실랑이를 벌여야 했다. 가끔 쥐약을 놓기도 하고 쥐덫도 동원했지만 어찌나 약삭빠른지 걸려드는 놈은 극소수였고, 한 마리가 새끼를 보통 일곱 마리나 낳기 때문에 쥐의 숫자를 줄이기에는 역부족이었다. 허구한 날, 집안 구석구석이 쥐들에게 침범을 당했다. 때로는 가족들이 다 함께 지키고 서서 쥐를 몰아 잡기도 했다. 그럴 때, 쥐구멍을 찾지 못하고 쩔쩔매던 놈이 내 쪽으로 가까이 오면 나는 눈을 꼭 감고 막대기로 내려치지만 매번 헛손질만 했다. 꼭 잡을 수 있는 순간엔 나도 모르게 손목에 힘이 빠져나가 놓쳐버리고 놈들이 발길에 채여도 내 손으론 한 마리 잡아보질 못했다.

그 당시에는 집집마다 쥐를 잡는 게 큰일이었다. 이웃 목장에서는 이런 일도 있었다. 고구마를 채 썰어 쥐약을 버무려놓은 것을 어른들이 집을 비운 사이 아이가 소들에게 던져주었다. 그것을 먹은 젖소 세 마리가 한꺼번에 쓰러졌다. 쥐를 잡으려다가 소를 잡은 것이다.

이렇듯 쥐들과 생존경쟁을 하다시피 살았지만 천장에서 쥐들이 달리기하는 소리를 자장가 삼아 잠들고, 어쩌다 생쥐가 방안에 들어오게 되면 온 가족이 전쟁놀이를 하듯 법석을 떨기도 했다. 젖소와 쥐들과 참새들이 자연스럽게 어울려 여물통 속의 사료를 먹던 모습을 떠올리면 동화 속의 이야기 같아 그리움으로 다가온다.

쥐가 병을 옮기는 매개체라고 하지만 그 시절이 지금보다 순수했고, 쥐로 인한 병을 모르고 살았다. 쥐들이 사라진 원인이 무엇일까. 아마도 공해 때문에 더 이상 살 곳이 못 된다고 스스로 자취를 감춰 버린 것은 아닌지 모르겠다. 지하실 벽의 쥐구멍을 막아놓은 이후로는 쥐가 또다시 발견되지 않았다.

얼마 전에 마을 사람들과 동해안으로 여행을 다녀오다가 태백에 있는 석탄박물관에 들렀다. 그곳에는 우리나라가 석탄을 채취한 역사와 그 과정이 일목요연하게 전시되어 있는데, 관람 도중 내 가슴을 뭉클하게 한 것은 광부들이 석탄 갱 막장 속에서 점심 도시락을 먹을 때, 음식 냄새를 맡고 가까이 온 쥐에게 밥 한 술 떠서 건네주는 모습을 재현해 놓은 모형이었다.

열악한 환경 속에서 목숨 걸고 일하는 모습이 갱 속에 갇혀있는 쥐들의 처지와 비교된 연민이었을까. 언제 무너질지 모르는 상황에서도 쥐한테까지 베풀고 있는 광부들의 인정에 감탄하지 않을 수 없었다.

인도에서는 쥐만을 섬기는 사원이 있다고 한다. 그것도 신이라고 순례자들이 몰려오는데 어쩌다가 꼬리를 밟으면 450달러(54만 원)의 벌금을 물리고, 밟아 죽이면 금으로 동상을 세워줘야 한다고 한다. 쥐를 벽 속에 생매장한 우리는 어떤 벌을 받게 되는 것일까.

미물도 나라에 따라서는 생명의 존귀함을 인정받는데 사람의 생명을 파리목숨처럼 여기는 경우가 허다한 인간사는 어찌된 일인지 모르겠다.

쥐는 인간 이전에 이미 존재했고, 또 천지창조신화에서는 영물로 등장했다고 한다. 쥐도 사람과 함께 지구상에 존재할 가치가 있기 때문에 조물주가 만들어낸 것이 아니겠는가.

그러나 어찌하랴. 나는 우리에게 그토록 피해를 주는 쥐에게 자비를 베풀만한 위인이 못되는 것을. 그러면서도 지하실을 드나들며 시멘트로 막아버린 쥐구멍을 볼 때마다 가슴이 답답해지는 것은 죄인의 심정이기 때문이 아닌가.

(2002.)

# | 제3부 | 미스 오차드

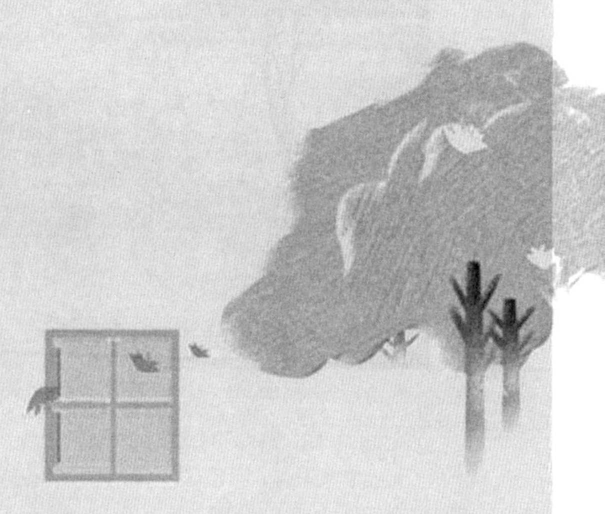

# 그것이 알고 싶다

― 고양이 이야기

옛부터 고양이는 악물(惡物)과 영물(靈物)의 양면성을 갖고 있다고 한다. 나는 고양이의 영물 행위보다는 악물 행위에 대한 이야기를 더 많이 알고 있다.

고양이는 자신을 괴롭히거나 미워하면 반드시 보복을 한다든지 또는 고양이가 관(棺)을 뛰어넘으면 송장이 일어선다는 말도 있다. 그래서 내가 어렸을 때 고향에서는 초상이 나면 고양이가 용마루를 뛰어넘을까봐 집에서 내쫓았다. 어느 잔칫집에서의 일이다. 잔치 음식에 입을 대는 고양이가 미워 안주인은 고양이를 무구덩이 속에 가두었다. 그 일을 까맣게 잊고 있던 여인은 잔치가 끝나고서야 그 생각이 나 무구덩이 입구를 여는 순간, 고양이가 뛰어나오며 얼굴을 할퀴었다. 그 여인의 얼굴에 깊은 상처를 보면서 마을 사람들은 고양이의 해코지로 믿었다고 한다. 어려서부터 이런 이야기를 듣고 자란 탓인지 나는 성인이 되어서도 고양이를 좋아하지 않았다. 고양이의 날카로운 발톱, 치켜뜨는 눈매, 밤에 우는 소리는 생각만 해도 소름이 돋았다.

그러는 나와 고양이는 무슨 인연인지 결혼 후에는 고양이를 치마 끝에 달고 살았다. 도회지에서 살다 농촌으로 시집 와 보니 새까만 고양이를 기르고 있었다. 소설 「검은 고양이」에서 검은 고양이는 모두 마녀의 화신이라고 하지 않았는가. 가뜩이나 낯선 살림에 긴장이 되는 내게 검은 고양이는 두려운 존재였다. 고양이 또한 낯가림이 심했다. 부뚜막에 얌전히 앉아있다가도 내가 부엌에만 들어가면 후닥닥 부엌문을 박차고 뛰어나가는 바람에 혼비백산했다. 그러더니 며칠 뒤에는 아예 집을 나가버렸다.

내게는 다행한 일이었는데 시어머님은 고양이를 찾으러 동네방네 다니며 "나비야"를 외치셨다. 끝내 돌아오지 않자 어머니는 노란 고양이 새끼 한 마리를 구해오셨다. 어린 고양이는 귀엽고 예뻤지만 내 두려운 마음은 가시질 않았다.

그 고양이가 어느 결에 배가 불러지고, 이른 봄날에 새끼를 세 마리 낳았다. 그런데 해산한 지 이틀 만에 어미 고양이가 약 먹은 쥐를 먹고 죽어버렸다. 어미 잃은 고물거리는 새끼들을 들여다보고 있으려니 가여웠다. 살려야겠다는 일념으로 종이상자에 담아 방으로 옮겨놓고, 새끼손가락에 우유를 묻혀 입에 대주었더니 핥아먹는 게 아닌가. 생명의 신비를 느끼며 정성을 다했는데, 두 마리는 삼일


최복희 수필집

만에 죽고 암놈 한 마리가 겨우 생명을 부지해 갔다. 연년생인 우리 애들도 젖먹이 때라, 나는 아이 셋을 키우는 심정이었다.

그 고양이는 털이 노란색, 검은색, 흰색으로 조화를 이루어 나는 알록이라고 불렀다. 알록이는 서너 달이 지났는데도 배만 볼록하고 앙상한 것이 영양실조에 걸린 아이 같았다. 어미젖을 못 먹고 자란 탓일 게다. 이유식을 먹으면서부터 이목구비가 자리 잡히고 털에 윤기가 흘렀다. 앉아있는 자태를 보고 있으면 다 키워 논 자식처럼 대견스러웠다.

그러던 알록이에게 발정이 온 모양이다. 앞마당에 수고양이가 나타났다. 그 고양이는 알록이를 보고 집요하게 따라다니며 구애를 하는데 알록이는 흘깃흘깃 돌아보며 도망 다니기 바빴다.

그날 밤, 얼마나 열렬한 구애를 하는지 슬레이트지붕 위에서 괴성을 지르며 쫓고 쫓기는 소동을 벌였다. 그 소리는 왠지 나를 불안하게 했다.

다음날 아침, 기막힌 일이 일어나고 말았다. 불을 때서 밥을 짓던 시절이라 아궁이에 땔감을 넣고 성냥불을 붙였는데, 아궁이 안에서 웬 고양이 소리가 들렸다. 깜짝 놀라 활활 타는 불길을 부지깽이로 대강 눌러 끄고, 아궁이를 들여다보았다. 거기엔 시뻘겋게 충혈된 두 눈이 있었다. 섬뜩했다. 부삽으로 다급하게 꺼내보니 알록이었다. 온몸은 불에 새까맣게 그을리고, 척추가 부러졌는지 하체는 축 늘어졌다. 앞발로 상체를 겨우 버티고 고통을 참느라 눈만

껌벅거렸다. 그 처참한 모습에 눈이 감겼다.

전날 밤, 지붕 위에서 수고양이에게 쫓기다가 굴뚝으로 피신한 것이 이 지경에 이르렀을 것이라고 짐작되었다.

알록이는 곧 죽을 것만 같았다. 연민의 정에 이끌린 나는 우유를 따뜻하게 데워 앞에 놓아주었다. 무슨 운명의 장난일까. 알록이는 오랜 기간 그 고통을 이겨내고 목숨을 끈질기게 이어갔다. 척추는 부러진 대로 아물어 등허리가 푹 꺼졌지만 걸어다닐 수 있도록 완치되었다.

그 후로도 알록이는 건강이 부실하다보니 오물통 옆을 지나다가 발을 헛디뎌 빠지기도 하고, 옆 집 개들에게 공격을 받기도 했다. 그때마다 나는 구해주었고 정성 들여 키웠다.

젖먹이 우리 애들이 중학생이 될 무렵, 알록이는 노화가 왔다. 눈동자도 흐릿하고, 털빛도 윤기를 잃어갔다. 음식을 먹을 때는 까탈을 부렸다. 훅훅 냄새를 맡아봐서 식성에 안 맞으면 이내 돌아서 내 치맛자락에 감기며 구르륵 댔다. 그러다가 배부르게 먹고 나면 노구를 지탱키 어려운 듯 다리를 쭉 펴고 엎드려 턱을 괴고 졸다가도 나만 보면 졸졸 따라나섰다. 새벽부터 밤늦도록 진동걸음으로 하루 일과가 끝나는 나는 알록이를 다정하게 보듬어줄 수가 없었다.

온 천지가 새하얀 겨울이었다. 축사에서 송아지를 돌보고 있는데 알록이가 내게 오고 있었다. 축축한 걸 싫어하는 알록이는 개집 가


최복희 수필집

까이의 마른땅으로 오고 있었다. 바로 그때, 제 집에 웅크리고 있던 송아지만한 셰퍼드가 어느 결에 뛰어나왔는지 알록이를 한입에 물어버렸다. 알록이는 그 자리에서 죽고 말았다. 나는 순간 그저 멍하니 바라보고 있을 뿐 어찌할 수가 없었다. 알록이는 나를 어미처럼 의지하며 따랐다. 바쁘다는 핑계로 자주 보듬어 안아주지 못했던 것이 시간이 흐르면서 가슴을 아리게 했다.

우리 집에서 고양이를 기르는 목적은 애완용이 아니라 전적으로 쥐를 잡기 위함이었다. 알록이는 쥐를 잡기는커녕 오히려 피해 다녔고, 새끼 한 배 낳지도 못하고 10여 년 간을 살았다.

개가 고양이를 물어 죽인 후, 개에게 이해할 수 없는 일이 일어났다. 눈비가 와도 제 집에 들어가지 않았고, 속죄라도 하는 듯 앞발을 가지런히 모으고 꼿꼿하게 앉아 물 한 모금 먹지 않은 채, 일주일 만에 죽고 말았다.

그 사건이 일어난 지 수십 년이 지났건만 아직도 기억에 생생하게 남아 내 삶의 교훈이 되고 있다.

내가 고양이를 두려워했던 것은 고양이에 대한 속설(俗說) 때문이다. 이는 상대방을 잘 알지도 못하면서 선입견으로 외면하려는 인간관계와 마찬가지가 아닌가. 사람에게나 짐승에게나 진실을 파악하고 후회 없는 사랑을 베풀며 살아야겠다고 다짐을 하게 된다.

그러나 건강하던 개가 왜 그토록 처절한 모습으로 죽어갔는지 지금도 그것이 알고 싶다.

(2003.)

# 미스 오차드

남편이 외출을 하면 소들이 불안해하는 눈치다. 운동장에서 저희들끼리 심한 쌈질을 하기도 하고, 울타리를 뛰어넘어 채마밭을 짓밟아 놓기도 한다. 덩치가 큰 소들이기에 다루기가 힘들어 그이가 집에 없으면 나 또한 불안했다.

지난 봄, 남편이 볼일이 있어 서울에 간 사이에 끔찍한 일이 일어났다. 내가 젖소들에게 점심 사료를 주려고 운동장에서 노는 소들을 축사로 들이몰 때였다. 새끼 난 지 며칠 되지 않아 물동이만큼 불은 유방을 안고 힘들게 들어가는 소를, 성질이 급한 놈이 먼저 들어가려고 밀치는 바람에 그 큰 유방이 나무 울타리 모서리에 심하게 부딪쳤다. 급히 달려가 보니 유선이 비죽이 보일 정도로 찢어진 데서 피가 줄줄 흐르고 있었다. 가슴이 철렁 내려앉았다. 우두망찰하여 수의사에게 전화를 걸어 자초지종을 알렸다. 뜻밖에도 그는 젖소에게 유방의 상처는 도태의 대상이라면서 빨리 마장동(도살장)으로 보내라는 게 아닌가. 어이가 없어 아무 말도 못하는 내게 그는 수송차를 보내겠다고 하곤 전화를 끊었다.

잠시 후에 청년 두 명이 차를 몰고 왔다. 녀석을 차에 태우려고 하자 주저앉았다. 상처에선 피가 계속 흐르는데 청년들은 회초리로 마구 때리고 발로 걷어찼다. 녀석은 되레 눈만 부릅뜨고 꿈쩍도 하지 않았다. 최후의 수단으로 쇠꼬리를 꺾으면 대부분의 소들은 고통을 이기지 못해 벌떡 일어서는데 녀석은 이를 악물고 미동도 안 했다. 자식처럼 기르던 소의 심한 고통을 보고 있으려니 가슴이 미어졌다. 더욱이 이 녀석은 우리 소들 중에 제일로 여기는 놈이다. 그런 소를 갑자기 잃게 되다니. 녀석과 함께 했던 지난 추억들이 파노라마처럼 뇌리에 스쳤다.

1970년대 초, 우리나라의 낙농이 걸음마 단계였을 때, 우리 내외는 10여 마리의 젖소와 더불어 신혼살림을 시작했다.

오차드 그래스(Orchard grass)란 목초 이름을 따서 '오차드 목장'이라고 내건 간판은 외국영화에서 보아왔던 푸른 초원의 목장을 연상케 했다. 그러나 기계화 시설이라곤 아무 것도 없이 남편의 지식만으로 시작하는 목장 일은 맨손으로 황무지를 개간하는 것과 다름없었다. '우리의 꿈이 이루어질 것인가' 하는 회의에 빠져있을 때, 연달아 태어난 다섯 마리의 암송아지는 우리에게 경이로움과 환희, 희망과 용기 그 자체였다. 갓 태어난 얼룩송아지는 꽃사슴보다도 예쁘고 귀여웠다. 나는 그 중 제일 크고 돋보이는 놈을 '미스 오차드'로 뽑아놓고 특별히 애정을 쏟아왔다.

바로 그 소가 이 지경이 된 것이다. 제 사랑은 제가 지닌다던가. 녀석은 다른 소들보다도 성품이 온순해 더욱 귀여움을 받았다.

늦가을이었다. 오차드 앞에 아기손바닥만한 예쁜 단풍잎이 살랑대는 소슬바람에 바스락거리고 있었다. 코끼리만큼 덩치가 큰 녀석이 낯선 이 작은 물체의 움직임을 보면서 몸을 부들부들 떨며 비명을 질러대 배꼽을 쥐고 웃었다.

지쳐 있다가도 그 소를 보면 힘이 불끈 솟곤 했다. 녀석은 다른 놈들보다 성장 속도도 빨라 태어난 지 15개월 만에 인공수정을 하여 10개월의 임신기간을 무난히 넘기고, 이른 봄날에 건강한 수송아지를 낳았다. 녀석의 혈통을 잇고 싶어 암놈을 기다리다가 수놈을 낳아 섭섭한 마음이 채 가시지도 않았는데 도태를 해야 된다니 그 안타까움은 이를 데가 없었다.

그러면서도 나는 '살아서 제 발로 나가야지 과다출혈로 쓰러져 버리면 저 육중한 몸을 어떻게 치우며 경제적인 손실은 또 어쩌나' 하며 조바심을 쳤다. 꺼져 가는 생명 앞에서 얼마나 이기적인가.

"제발 일어나라 고생하지 말고"

그 녀석은 내 마음을 이미 알고 있었던 것일까. 내가 쭈그리고 앉아 소의 한쪽 귀를 잡고 사정했지만 머리로 나를 밀어 내버리곤 했다.


최복희 수필집

소와 신경전을 벌인 지 한 시간가량 지나서야 남편이 돌아왔다. 구세주를 만난 듯 반가웠다. 녀석도 주인을 보고 눈빛이 달라졌다.

"자자, 일어나 어서."

남편이 다가가 녀석에게 낮은 음성으로 엉덩이를 툭툭 치니까 기다렸다는 듯이 벌떡 일어났다. 이럴 수가! 겁쟁이인 녀석은 낯선 사람들에게 끌려가는 것이 두렵기도 했겠지만, 아마도 마지막 가는 길에 자기를 길러준 주인에게 하직인사라도 하려고 모진 고통을 참으며 기다렸던 모양이다. 녀석은 남편이 시키는 대로 순순히 차에 올라가 애처로운 모습으로 우리와 영원히 이별을 했다. 나는 눈앞이 흐려져 가슴을 쓸어안았다.

그런 위급한 상황에서 사람도 지키기 어려운 도리를 소가 보여주었던 것이다. 윤리가 땅에 떨어지고 은혜를 원수로 갚는 일이 비일비재한 오늘의 현실에서 미스 오차드의 범상한 행동은 많은 생각을 하게 했다.

미인박명이라는 말이 동물에게도 해당된다는 말인가. 나도 녀석을 끔찍이 예뻐했는데 왜 내 말은 듣지 않고 남편의 말엔 순종을 하는지 돌이켜 보았다. 남편은 소들에게 때맞춰 먹이를 주고 오물을 털어주며, 아플 때는 밤을 새워 정성을 다해 보살펴 왔다. 그래서 엄마가 곁에 없으면 불안해하는 어린아이처럼 소들도 남편이 안 보이면 불안했나보다.

나는 그렇지 못했다. 소의 입장에서 볼 때, 형식적인 사랑을 했을 뿐이다. 미스 오차드의 선발도 소에게 무슨 의미가 있으랴.

우리의 삶에서도 서로의 진실이 느껴질 때, 신뢰가 가고 사랑도 싹트지 않던가. 그동안 나는 내 가족, 이웃 그 어느 누구에게도 미스 오차드에게 대하듯 형식적이고 일방적인 사랑을 베풀고 있는 것은 아닌지 자성했다. 만일 내가 세상을 떠나게 될 때, 내 곁에서 나의 죽음을 진정으로 슬퍼하는 이가 있다면 큰 행복이 아닐까.

(1997.)

# 꽃돌이와 꽃순이

을유년 제야(除夜)다. 그동안 정을 나누던 이들에게 감사의 이메일을 보내느라고 자정이 다되어서야 잠자리에 들었다. 요란하게 들려오던 개 짖는 소리도 멎었다. 방금 짖어대던 개는 주인에게 버림을 받고 방황하다 우리 집에 얹혀사는 터이다. 이 추운 밤, 꼬리를 사타구니로 바짝 밀어넣고 한뎃잠을 자고 있을 모습이 눈에 선하다.

그 녀석이 우리 집에 들어온 것은 지난봄이었다. 크고 작은 잡견 대여섯 마리가 마당으로 우르르 몰려들어왔다. 공놀이를 하는 아이들처럼 넓은 마당을 이리저리 뛰어다니다가 개밥그릇을 보자 걸신들린 것처럼 번갈아가며 싹싹 핥아댔다. 나는 우리 발바리가 발정이 나서 동네 수캐들이 모여드는 줄로 알고, 새끼를 더 이상 원치 않기 때문에 발바리를 단단히 매어놓고 격리시켰다. 나중에 알고 보니 그놈들은 가엾게도 타지(他地) 사람들이 우리 마을에 버리고 간 개들이었다.

버려진 개들이 늘고 있어 대도시에서는 유기견 센터까지 생기고, 신고하면 잡아다 안락사를 시킨다는 소문을 듣기는 했지만 목격하긴 처음이다.

우리가 젖소를 기를 때는 소를 지키기 위해 덩치가 큰 셰퍼드와 작은 인기척에도 숨넘어갈 듯 짖어대는 발바리를 여러 마리 키웠다. 그러다가 그 일을 그만두게 되자 어린 개들은 다른 집에 분양하고 정이 깊이 든 큰 개들은 수명이 다할 때까지 데리고 있다가 뒷동산에 묻어주었다. 남은 발바리 한 마리만 키우고 말리라 마음먹고 있는데 난감한 일이었다. 불쌍하지만 놈들이 마당에 들어서면 회초리를 휘두르며 쫓아냈다. 도망가다 뒤돌아보는 개에게 조금만 받자를 하면 꼬리치며 안길 것만 같아 외면하고 돌아서자니 편치 않았다. 꾀가 말간 개들을 버리고 간 그들이 미웠다.

나의 문전박대에 큰 개들은 발길을 끊었는데 꽃사슴 새끼처럼 귀엽고 영리해 보이는 쌀개 암수 한 쌍은 아예 눌러 앉을 작정을 했나보다. 매정스레 호통을 쳐도 오히려 꼬리를 흔들어대며 재롱을 떨었다. 끝까지 내치지 못할 우리의 마음을 알아차린 것일까. 쌍둥이처럼 생긴 것으로 보아 한배 같았다.

나는 남편에게 저놈들을 키우자고 제의를 했지만 남편은 반기를 들었다. 우리 마을에서도 강아지를 기르겠다는 사람이 없으니 새끼


최복희 수필집

를 나면 처분할 일이 걱정이라는 것이다. 그러면서도 남편은 그것들이 배가 고플 거라며 개 사료를 그릇에 듬뿍 담아 먼발치에 놓아주곤 했다. 그런데 개집을 들여다보니 발바리가 떠돌이 개들과 다정히 자고 있는 게 아닌가. 정답게 자고 있는 모습을 보면서 기가 막혔지만 눈감아 주기로 했다.

겨울로 접어들면서 걱정했던 일이 현실로 다가왔다. 돌아다녀서 넉살만 늘었는지 수놈은 제짝과 우리 발바리까지 아내로 삼아버렸다. 한겨울에 나보고 어쩌라고 두 암놈들의 배가 불룩해졌다.

날씨가 점점 추워지자 부부가 된 개들은 양지바른 담 밑에 붙어앉아 추위를 이기곤 했다. 그러다가 나와 시선이 마주치면 꼬리 끝을 사시나무 떨듯 흔들며 '제발 우리 좀 거둬주세요'라고 애원하는 듯했다. 제집이 따로 없이 만삭이 되어가니 어쩌겠는가.

남편은 헌 개집을 보수하여 뒤란 처마 밑에 놓아주었다. 바로 그때, 다섯 살배기 손녀가 때를 기다렸다는 듯이 개들의 이름을 뭐라고 부르느냐고 한다. 내가 얼른 대답을 못하자

"할머니! 우리 꽃돌이, 꽃순이라고 불러요."

하는 게 아닌가. 난 아이의 말에 감탄했다. 어린 손녀도 발바리처럼 빨리 우리 개로 맞아들이고 싶었던 게다. 아이가 어려서 모를 줄 알았는데 그동안 우리의 행동을 다 지켜보았던 것이다. 속정을 주지 못하고 있는 내 속내를 들킨 것 같아 얼굴이 화끈거렸다.

만삭인 암캐는 어찌 제집인 줄 알았는지 태연히 그곳에 들어가

새끼를 네 마리나 순산했다. 우리 개도 세 마리를 낳았다. 갑자기 반갑지 않은 개 부자가 된 셈이다. 새끼 낳은 개들에게 따뜻한 국물을 먹여야 하니 이 추운 겨울에 개 해산구완을 곱절로 하게 생겼다.

금실 좋게 붙어 자던 암놈들은 새끼를 낳은 후 모성보호본능이 발동을 했다. 수놈을 제집 근처에 얼씬도 못하게 하고 있다. 살을 에는 겨울밤, 암놈들은 새끼들을 품고 꼼짝도 않는데 수놈 혼자 한 뎃잠을 자면서 집을 지키고 있다.

그나마 이 개들은 비위가 좋아 우리를 만나 겨울을 나지만 정착을 못하고 떠돌아다니는 개들은 이 밤에 어디서 눈을 붙이고 있을까. 문득 그 개들이 노숙자와 다름없다는 생각이 들었다. 직업을 잃고 가정이 해체되면서 거리로 나와 무료급식으로 허기를 면하고, 밤이슬을 피해 잠을 청하는 노숙자처럼 말이다.

나는 직접 느끼지는 않지만, 전반적으로 경제가 어려워지고 가정 살림이 힘들어진 건 사실이다. 그 영향이 개들에게도 미칠 정도이니 심각한 문제이다. 그들도 전에는 따뜻한 가정에서 가족들의 사랑을 받으며 살았을 텐데, 다른 집들을 비켜놓고 우리 집에서 살겠다고 작정을 한 개들의 의미는 무엇일까.

다시 개 짖는 소리에 오던 잠이 다 달아났다. 제야의 종소리도 멎고 병술년 새해가 밝아왔다. 큰 개의 이름은 손녀가 꽃순이와 꽃돌이로 지어주었으니 나는 새끼 개들의 이름이나 지어봐야겠다.

(2006.)

# 아까바네병

텔레비전 다큐멘터리 시간에 베트남 샴쌍생아에 대한 이야기가 방송되었다. 한 몸으로 태어난 남아 형제를 분리 수술하여 동생은 한 쪽 다리로 비교적 건강하게 자라고 있는 반면, 형은 식물인간으로 살아가는 내용이었다. 그 다음으로 병원에서 조산한 기형아들을 시험관에 담아 병원 현관에 진열해 놓은 장면이 나왔다. 섬뜩했다. 화면에 대한 부연설명은, 많은 사람들이 그것을 보고 충격을 받아 다시는 그런 일이 일어나지 않게 하기 위한 병원 측의 의도라고 했다.

특별히 그곳에서 기형아가 많이 발생하게 된 것은 베트남전쟁 때, 고엽제를 사용한 때문이라고 한다. 고엽제란 푸른 잎을 말리는 물질이다. 정글 속에 숨어 있는 게릴라를 소탕하기 위해 미군이 그것을 비행기로 마구 뿌렸다고 한다.

인간의 이기심이 만들어낸 물질로 자연과 사람이 참혹함을 당한 셈이다. 자연 앞에서 부끄러운 일이 아닐 수 없다.

기형아 발생 원인은 그것뿐이 아니다. 문명이 발달함에 따라 환경오염이 심각해지면서 기형아는 지구촌 곳곳에서 해마다 늘어가고 있는 실정이 아닌가.

그 프로그램 시청에 정신을 쏟고 있던 나는 불현듯 젖소를 기르던 지난날이 생각났다. 갓 태어난 송아지를 팔려고 흥정을 할 때였다. 우리 안의 송아지를 자세히 살펴보던 중개인이

"어! 이 송아지 장님이네!"

하는 거였다. 뜻밖이었다. 그 말을 듣고 나니 집히는 게 있었다. 대부분의 송아지는 사람이 가까이 가면 앉아있다가도 벌떡 일어나 주둥이를 내밀며 꼬리를 치는데 그 송아지는 달랐다. 인기척을 듣고 일어나기는 하는데 제자리에서 코를 바닥에 대고 뱅글뱅글 돌았다. 눈이 먼 송아지가 소리의 방향을 몰라 그러는 것을 모르고, 나는 그동안 송아지의 재롱으로 여기며 재미있어 했다.

송아지를 우리 밖으로 내놔 보았다. 앞에 장애물이 있는 줄도 모르고 냅다 달려가더니만 축사 벽에 부닥치며 모로 쓰러지는 게 아닌가. 그 모습을 보면서 코끝이 시큰했다.

이후로도 여러 마리의 기형 송아지가 태어났다. 목이 한쪽으로 삐뚤어졌거나 발목 네 개가 모두 구부러진 놈도 있었고, 전신이 뒤틀리고 마비되어 눈만 깜빡이는 송아지도 있었다. 전신이 마비된

송아지에게 어미의 초유를 짜서 젖병에 담아 정성껏 먹였지만 단 몇 시간도 살지 못하고 숨지고 말았다. 그때의 참담한 심정은 무어라 표현할 길이 없다. 몸을 가누지 못하는 송아지들을 볼 때도 애처롭지만 그 송아지들을 우리가 다 키울 수가 없어 한 마리씩 남의 집으로 보낼 때는 병신자식을 시집보내는 어미의 심정이었다.

임상 실험결과는 아까바네병이었다. 아까바네란 병이 처음 발생한 일본의 어느 지역 이름으로, 모기를 매개체로 걸리는 병인데 임신한 소들이 그 병에 걸리면 유산을 하거나 기형 송아지를 낳게 된다.

그 해에 아까바네는 전국의 목장으로 번졌다. 원인을 몰라 난감해 하던 농가는 폐업을 하기도 하고, 집터 탓을 하며 이사를 가기도 했다.

해마다 이른봄에 예방접종만 하면 안심해도 되는 것을 낙농의 짧은 역사를 갖고 있는 우리나라에선 그동안 한 번도 발생하지 않았기 때문에 방심해서 생긴 일이었다.

짐승도 정성껏 기르다보면 자식 같다. 기형으로 태어난 송아지들을 거두면서 장애 자식을 둔 부모의 심정을 십분 헤아려보는 계기가 되었고, 편견을 갖고 바라보기만 하던 이웃에 사는 장애자들에게 관심을 갖게 되었다.

언젠가 공해물질박람회를 관람한 적이 있는데, 지구상의 공해가 되는 모든 물질이 전시되어 있었다. 공해로 인해 끔찍한 모습으로 태어난 아이들의 사진 전시를 보면서 어른들의 잘못으로 희생된 어린 생명들이 가엾고 부끄러웠다. 하나밖에 없는 지구를 한없이 더럽히는 인간에게 깨달음을 주려는 신의 형벌이요, 경종이라고 생각했다.

기형아예방협회에 의하면 임신부가 정기검진만 받는다면 기형아 탄생을 줄일 수 있다고 한다. 불쌍한 생명으로 태어나지 않게 하기 위해선 우리 모두가 깨끗한 환경을 만들어야 하는데 나부터 실천하지 못하고 있다.

더 어려운 일이지만 아까바네병은 주사 한 대로 예방할 수 있듯이 사람도 예방주사 한 대로 기형아 발생을 막을 수 있는 날이 빨리 오길 기다려 본다.

(2003.)


최복희 수필집

# 털보의 슬픔

이웃집을 방문했다. 마당까지 들어서도 빈집처럼 고요했다. 나를 보면 꼬리를 설레설레 흔들며 꽁무니를 빼던 털보도 보이지 않았다. 현관문을 두드리는 소리에 안주인이 문을 열어주며 반겼다. 개가 왜 보이질 않느냐고 물었다. 그는 잠시 머뭇거리더니 얼마 전에 집을 나가서 돌아오질 않는다고 했다.

"그 친하게 지내던 암탉은 어쩌구요?"

놀라서 묻는 내게 주인이 어느 날 닭이 갑자기 없어지자 닭을 찾느라 이리 저리 집 주위를 헤매던 개가 다음날 아침에 일어나 보니 없어졌다고 한다.

그 댁은 봄이면 넓은 뜰에 병아리를 사서 풀어놓고 키우면서 가족들의 보신감으로 숫자를 줄여갔다. 마지막으로 암탉 한 마리가 남게 되자 털보는 그 뒤를 졸졸 따라다니며 친구가 되어주었다. 그래서 잡아먹지도 못했는데 하루는 보니까 닭이 개와 함께 자고 있더란다. 살이 통통하게 오른 토종닭은 날마다 굵은 달걀을 쑥쑥 뽑아냈다. 닭이 알을 날 채비를 하느라 갈갈거리면 개는 함께 있다가도 슬며시 자리를 비켜주었고, 따끈따끈한 알을 보고도 입맛 한번 다시지 않았다. 그것들은 한 우리에서 자고 낮에는 온종일 함께 다니다가 이따금 주인아주머니의 발뒤꿈치를 졸졸 따라다니기도 했다. 주인이 텃밭에 나가 일을 할 때엔 곁에 나란히 앉아 서로 쪼아주고 핥아주며 장난질을 하다가 주인이 집안으로 들어올 때, 다시 뒤따라 들어왔다. 그 모습을 어쩌다 보게 되는 날이면 밀레의 「만종」만큼이나 평화로운 그림 한 폭 같아 한참을 서서 바라보곤 했다. 견원지간만큼이나 사이가 나쁘다는 개와 닭이 절친하게 지내는 모습에 깊은 감동을 받으면서.

그 집과 담 하나 사이를 둔 옆 건물은 철물공장이다. 공장의 직공 중엔 손버릇이 나쁜 사람이 있었다. 직원들 점심을 해주던 K엄마는 가끔 내게 와서 그가 철물을 감추었다가 팔아 쓴다는 말을 들려주었다. 살이 통통 오른 암탉도 그가 호시탐탐 노리고 있었다. 한번은 닭 주인이 집을 비우자, 사내는 양지바른 담 밑에 앉아 한가롭게 흙 목욕을 즐기던 닭을 지켜보고 있다가 개가 한눈을 파는 사이에 덥석 안고 달아났다. 위급한 상황에 처한 닭이 내지르는 소리에 깜짝 놀란 개는 이내 사내를 찾아내 바짓가랑이를 물고 흔들어 댔다. 사내는 그만 손에 쥔 닭을 던져버리고 나서야 개에서 풀려났


최복희 수필집

다고 한다. 그러나 그는 눈독을 들이더니 끝내 닭을 훔쳐가 버렸고, 털보는 애석하게도 친구를 잃고 말았다. 그날 이후, 털보도 어디론 가 종적을 감추고 말았다는 것이다.

집으로 돌아오면서 친구의 죽음을 모르고 오늘도 어디선가 그 닭을 찾아 헤매고 있을 털보를 생각하며 그녀를 떠올렸다.

몇 해 전, 우리 마을에 이사 온 젊은 주부가 이웃이 많지 않아 외롭다며 나를 의지하고 따랐다. 그러다가 남편이 갑자기 직장을 옮기는 바람에 이사를 갔다. 간간이 가정불화가 잦다는 소식이 들 리더니 얼마 후엔 그녀가 어린 남매를 남겨두고 세상을 등졌다는 비보가 전해졌다. 나는 어려움에 처해 있는 그녀의 소식을 듣고도 진작 찾아가 위로의 말 한마디 건네주지 못했다.

천지간의 만물 중에 가장 귀한 존재라고 일컬으며 살아가는 내 가 미물인 털보보다 나은 게 무엇인가. 나의 우둔함에 깊은 회한을 느꼈다.

(2005.)

# 메뚜기의 수난

단풍이 채 들기도 전에 추위가 성큼 다가왔다. 무성하게 자라던 잡초들도 씨주머니를 만들어 가고 있다. 요즘, 틈만 나면 메뚜기를 찾아보기 위해 막대기를 들고 텃밭과 집 주위를 돌며 풀숲을 샅샅이 헤치고 다닌다.

몇 해 전, 논에서 메뚜기를 몇 마리 잡아다 우리 목초 밭에 놓아주었다. 그것이 해마다 번식하여 밭머리에만 나가도 "퍼드덕, 퍼드덕!" 떼를 지어 날아다녔다. 밭에서 일을 할 때는 머리 위에도, 어깨 위에도 메뚜기가 앉았다. 나는 어깨 위에 앉은 메뚜기를 손으로 살며시 잡아 날려주며 공해가 적은 고장에서 작은 생명체들과 더불어 산다는 것이 가슴 뿌듯했다.

그런데 우리가 목장을 그만두고 직업을 바꾸느라, 넓은 목초 밭 자리에 건물을 짓고, 풀밭 같던 마당을 콘크리트로 덮어버렸더니 메뚜기가 보이지 않는다. 이제 흙바닥이라곤 마당 귀퉁이에 텃밭과 문전에 꽃밭, 그리고 울타리 밑에 남아있을 뿐이다. 여름에 꽃밭을 가꿀 때만 해도 어린 메뚜기 몇 마리가 꽃잎 위에서 벼룩처럼 톡톡 뛰어 놀았는데 지금은 그들마저도 안 보인다.

메뚜기는 풀잎을 먹고사는 야행성이다. 알은 땅속에 낳고 번식을 하고 나면 대부분 죽게 되는데, 불완전 변태성 곤충이라서 알에서 나와 유충기를 거치지 않고 그대로 자란다.

그것들이 우리 밭에서 마음놓고 살아갈 수 있었던 것은 농약이나 제초제를 뿌리지 않고 퇴비로 거름을 했기 때문이다. 이제는 그것들을 더 이상 지켜주지 못하게 되었다.

오후만 되면 동네 꼬마들이 우리 밭으로 몰려와 땅거미가 내려앉을 때까지 메뚜기를 잡고 놀았는데, 목초 밭을 주차장으로 만들어버린 뒤로는 메뚜기도 아이들도 사라졌다.

내가 어렸을 때는 가을이면 헝겊으로 만든 주머니를 들고 동무들과 황금 들판으로 나가 메뚜기를 잡았다. 주머니에 가득 잡아서 귀가하면 어머니는 가마솥을 달군 다음, 솥뚜껑을 비스듬히 열고 주머니의 메뚜기를 털어 넣으셨다. 처음에는 메뚜기가 몸부림치느라고 튀는 소리가 요란하지만 잠시 후면 조용해진다. 어머니는 나무주걱으로 휘휘 저으셨다. 구수하게 익어 가는 메뚜기 냄새에 나는 쭈그리고 앉아 군침을 삼켰다. 먹을 것이 귀하던 시절, 메뚜기는 우리의 유일한 간식이었다. 그때 땀을 흘리며 메뚜기를 볶던 어머니의 마음은 나의 기다림보다 더욱 급하셨으리라.

나는 논에서 메뚜기를 잡던 추억을 갖고 있지만, 우리 밭으로 몰려들던 동네 꼬마들은 먼 훗날 밭에서 메뚜기를 잡던 추억을 떠올릴 것이다.

소들을 가득 매어놓았던 축사에는 문명의 물건들이 잔뜩 쌓여있고, 새들과 풀벌레들의 합창 대신 물건을 실어 나르는 자동차 소음으로 소란스럽다. 사람도 흙을 밟고 살아야 건강하다는데 우리 집에서 밟을 수 있는 흙바닥이라곤 메뚜기도 살 수 없는 텃밭뿐이다.

얼마 전, 멸종된 동물들의 백과사전 격인『지구에서 사라진 동물들』이란 책이 나왔다. 이 책에 의하면 로마제국시대 검투사들과 죽음을 걸고 결투를 하던 사자가 바바리사자라고 하는데, 2세기 무렵 절멸에 가까운 희생을 당하다가 20세기에 들어와 완전히 멸종되었다고 한다. 나폴레옹이 유배지 세인트헬레나에 있을 때, 하늘을 붉게 물들이던 붉은 잠자리들도 그곳 공장에서 뿜어내는 공해로 모두 사라졌단다. '극락잉꼬'도 멸종되었다는데 이 지상에 그들의 극락이 없다는 것을 깨닫고 홀연히 사라져 간 것은 아닌지 모르겠다.

요즘은 벼농사를 짓는데도 농약을 많이 사용해 메뚜기를 찾아보기 어렵다. 이러다가 그것들마저 이 땅에서 영원히 사라져 멸종동물 백과사전에서나 볼 수 있게 되는 것은 아닐까.

(2000.)

# 지렁이 화분

한낮의 불볕을 피하여 해거름에 텃밭에 나간다. 손녀의 손을 잡고 밭머리에 서면, 아이는 내 손을 뿌리치고 빨강·주황·초록 구슬을 조롱조롱 매달아 놓은 듯한 방울토마토 앞으로 달려간다. 잘 익은 방울토마토를 따는 것은 아이의 몫이다. 나는 잡초가 무성한 밭에서 상추, 치커리, 깻잎 등 푸성귀를 뜯고 야채보다 웃자란 잡초도 뽑아낸다.

화학비료나 농약을 전혀 뿌리지 않은 텃밭은 우리 가족 건강식의 보고이다. 아이는 토마토를 하나 따서 그대로 제 입에 넣고, 또 따서 양손에 쥐고 와 내 입에 쏙 넣어준다.

텃밭에는 아이가 좋아하는 무당벌레, 달팽이, 여치, 나비 등이 있는가 하면 눈에 띄면 기겁을 하는 거미, 지렁이, 자벌레 등도 있다. 그 중에서도 지렁이는 징그러워 나도 외면을 한다.

일에 정신을 쏟고 있는데, 시집간 딸애가 기별도 없이 불쑥 나타났다. 반가운 웃음으로 인사를 하고는 대뜸 지렁이 300마리가 필요하다고 한다.

며칠 전, 「하나뿐인 지구」라는 텔레비전 다큐멘터리 프로그램 시간에 지렁이에 대한 이야기가 방영되어 나도 그 프로그램을 시청했는데 딸애도 본 모양이다.

어느 여자고등학교에서 학생들이 점심을 먹은 후 음식쓰레기를 들고 지렁이에게 먹이를 주러 가는 화면으로 시작되는 방송이었다. 환경에 관심을 갖고 있던 여교사의 지도 아래 환경동아리 여학생들이 지렁이를 기르고 있었다. 교정에 있는 나무 밑에 그것들의 배설물이 섞인 흙으로 거름을 하여 시멘트처럼 딱딱하게 메말랐던 땅을 영양 있고 부드러운 옥토로 바꿔놓았다.

나는 그 시간을 통하여 지렁이가 지구의 살림꾼이며 청소부라고 할 만큼 유익한 미물인 걸 처음 알았다. 아리스토텔레스는 지렁이를 '지구의 창자'라고 했고, 생물학자인 찰스 다빈은 지렁이로 땅이 정화되어 인류의 문명이 발달했으며 우리가 행복을 누리며 살 수 있는 것이라고까지 했다.

하찮은 미물로만 여기던 지렁이의 생태와 습성을 시청하면서 놀라움을 금치 못했다. 암수가 한몸이면서도 다른 개체와 짝짓기를 하여 서로 정자를 주고받아 알을 낳는다. 발달 속도는 8주에서 1년이며 환경에 따라 개체 수를 조절한다. 습하고 어두운 곳을 좋아하

는데, 습기가 적은 곳에서는 체액을 분비해서 서로의 몸을 보호한
다니 이런 점은 인구의 팽창으로 아귀다툼을 벌이는 사람보다 낫
다고 봐야하지 않을까.

지렁이는 가만히 있는 것 같아도 몸을 계속 움직여 귀 기울이면
움직이는 소리가 들린다고 한다. 그래서 '지렁이가 노래한다'고 표
현한 문구가 옛 문헌에도 적혀 있단다.

먹성은 제 몸의 배 이상을 먹어치우는데, 그 먹이가 바로 인간이
버린 폐기물과 동물들의 배설물이라는 것이다. 지렁이의 배설물을
분변토라고 한다. 그것은 냄새도 없고 식물이 먹고 살 수 있는 영
양 덩어리라고 하니 놀랍다.

그런 점을 이용해 집안에 지렁이를 키우는 가정이 소개되었다.
토기에 흙과 지렁이를 담아 그것들이 나오지 못하게 화분을 그 위
에 올려놓는다. 그리고 음식물 쓰레기가 생길 때마다 지렁이가 담
긴 그릇에 놓아주면 모두 먹어치운다는 것이다. 4인 가족의 음식물
쓰레기를 소모하려면 300마리의 지렁이가 필요하다고 했다. 그런
사실을 알게 된 딸애도 지렁이 화분을 만들어보려고 내게 들른 것
이다.

우리가 젖소를 기를 때는 밭에 우분 거름을 넉넉히 하여 밭고랑
을 슬쩍 파기만 해도 지렁이가 꿈틀거렸다. 그 밭에는 무엇을 심어
도 튼실하게 자라고 소출도 많았다. 그런데 그 일을 그만둔 지 몇
해가 지나고 나니 많던 지렁이도 줄어들 정도로 땅이 점점 메말라

갔다.

나는 지렁이가 끔찍스레 보기 싫어 밭에서 지렁이의 숫자가 줄어드는 것을 오히려 다행으로 생각했다.

딸애 역시 시집가기 전만 해도 지렁이를 보면 질색을 했다. 그러던 애가 주부가 되어 아파트 생활을 하다 보니 음식물 쓰레기에 관심이 커지면서 지렁이에 대한 인식이 달라진 모양이다.

자연 친화적인 삶을 우선으로 하는 호주에서는 이미 지렁이 사육상자를 만들어 판매하고 있으며, 주 정부와 쓰레기 관련기관에서 홍보하여 공원이나 가정에서 생활의 일부로 지렁이를 키우고 있다고 한다. 음식 쓰레기뿐만 아니라 고양이털, 머리카락, 종이 등 자연분해가 가능한 제품은 무엇이든지 먹어서 액체 형태의 분변토를 배설한다고 한다. 그것은 자연 본래에서 얻어지는 천연비료이다. 지렁이가 많은 땅에서 자란 식물은 훨씬 튼튼하며 수확도 증가하고 땅을 살린다는 것은 연구 결과이다.

편리함을 앞세워 화학물질을 만들어내고 폐기물과 음식물 쓰레기로 한없이 지구를 오염시키고 있는 사람이 혐오스럽다고 하찮게 여기며 천시하던 지렁이를 집안에 신주 모시듯 하는 것은 당연한 결과가 아니겠는가. 건강한 환경에서 숨쉬며 살아갈 수 있는 지렁이의 꿈이 바로 우리의 꿈인 것이다.

나도 이제부터 지렁이가 밭에서 잘 살 수 있는 방법을 강구해야겠다.


최복희 수필집

어른들이 잃어버린 보물을 찾듯 조심조심 땅을 파고 축축한 도
랑가를 뒤지며 지렁이 찾기에 정신을 쏟고 있는데 손녀가 소리를
지른다.

"지렁이 여기 있다!"

(2006.)

# 제4부 | 새들이 찾아오는 집

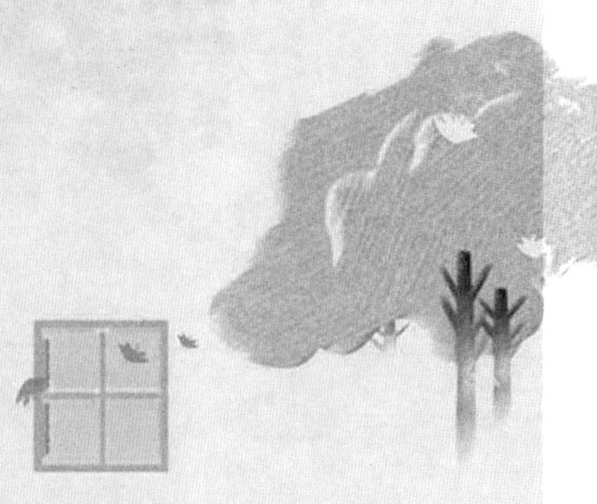

# 어머니 나무

8월 태풍이 텃밭을 마구 휘저어놓았다. 푸성귀는 주눅든 꼴인데 마당 한편에 오롯이 서 있는 개복숭아나무는 알사탕만한 열매를 다닥다닥 달고 용케도 버티고 있다. 올봄에 유난히 많은 꽃을 피워 앞마당을 화사하게 장식해준 것도 그 개복숭아나무다.

그것은 도랑가에서 싹이 터 여리게 자라고 있기에 나는 흔한 잡풀인 줄 알았는데 시어머님이 개복숭아나무라는 것을 알아보시고 옮겨 심으신 것이다. 열매를 솎아내며 어머님을 그려본다.

어머님은 안팎일을 쉴 새 없이 도와주며 우리 애들이 장성할 때까지 든든한 버팀목이 되어주셨다. 그렇게 건강하고 곱게 사시던 어머님은 떠날 때를 짐작이라도 하셨던 것일까. 개복숭아나무를 옮겨 심은 다음 해, 미수의 연세에 할 일을 다 마치신 양 복사꽃잎처럼 떠나가셨다. 나는 잡초처럼 자라는 그 나무를 몇 번이나 뽑아버리려고 마음먹다가도 정성 들여 심어놓고 화초처럼 돌보시던 어머님의 모습이 생각나 곁가지를 치고 모양 좋게 키워왔는데, 이리도 예쁜 꽃을 피우고 많은 열매를 맺을 줄이야.

복숭아나무 곁에 가면 하찮은 것도 소홀히 여기지 말라시던 어머님의 음성이 들리는 듯하다. 당신은 떠나셨으나 한 그루의 나무로 우리와 함께 살고 싶으셨던 것은 아니었을까. 예쁜 꽃을 선사하며 늘 우리를 지켜보고 있는 개복숭아나무에는 어머님의 넋이 배어 있는 것 같다.

열매를 솎아내고 복숭아나무 그늘에 앉아 땀을 식히며 올려다본다. 남아있는 열매들이 한결 여유롭다. 그것들이 알찬 결실을 맺기 바라며 어머니의 나무 곁에 우리 부부의 나무도 한 그루 심고 싶다. 우리도 아이들에게 좋은 부모였다는 것을 가슴 깊이 느끼도록 살아야겠다고 다짐하면서….

(2000.)

# 새들이 찾아오는 집

봄이다. 울타리 밑에서도 꽃밭에서도 새싹이 돋아나고 있다. 넓은 마당과 집 주위를 훨훨 나는 참새들에게 봄의 왈츠라도 틀어주고 싶다. 울타리 옆 은행나무에 부지런히 신방을 꾸미던 까치는 어느새 알을 품고 있다.

이때쯤이면 어김없이 우리 집을 찾아오는 철새가 있다. 찌르레기다. 올해도 대여섯 쌍이 왔다. 중국 남부지방에서 겨울을 보내고 온다는 이 새들을 반갑게 맞이하며, 상주(常住)하고 있는 텃새들보다 더 관심을 갖는다. 전깃줄과 지붕 위에 앉아 지저귀는 모습이 마치 내게 문안인사를 하는 듯하다. 내 집에 찾아와서 둥지 트는 것은 우리 집이 그들에게는 살만한가 보다. 물총새, 산비둘기, 후투티 등 잠깐 놀다가는 새들도 있다.

새들은 자연 친화력이 있어 인위적으로 깔끔하게 단장된 집보다는 허술하고 조용한 집에 찾아들고, 공해가 심하거나 해를 입을 만한 곳은 피한다고 한다.

우리 집은 야트막한 산자락에 호젓이 자리 잡고 있다. 겉보기엔 그럴듯한 양옥이지만 20여 년의 풍상을 이겨내지 못해 비가 새기도 하고 장마가 지면 지하실에선 물이 솟는다. 울타리와 대문이 있으나 엉성하여 사람들이 사방 드나들 수 있으니 유명무실하다. 수년 전에 심은 몇 그루의 묘목이 제법 자라서 새들의 쉼터가 되고 마당에 그늘을 만든다. 젖소를 기르느라 넓은 마당은 지푸라기와 마른풀 등으로 항상 너저분하다. 그래서 참새와 찌르레기가 그것을 물어다가 기왓장 밑에 집을 짓고 알을 낳는다.

나는 이 집에서 스무 해 이상을 살아왔다. 그런데 봄이 되자 주위에 새 건물이 들어서면서 탁 트였던 집 앞을 가리고, 양 옆엔 비닐하우스가 빽빽이 있어 답답하다. 단열도 잘 안 되는 집이라서 추위에 약한 나는 최신식으로 잘 지은 집들이 부러웠고, 낡을 대로 낡은 살림살이도 바꾸고 싶었다. 불현듯 갈등이 생겼다.

이곳은 그린벨트 지역이다. 몇 해 전만 해도 30평 이내로 집을 지어야만 했는데 얼마 전부터 완화되어 3층까지 허가가 나온다. 남편에게 이 집을 헐고 다시 짓자고 넌지시 말했지만, 내 집 장만을 못하고 사는 사람이 얼마나 많은데 멀쩡한 집을 왜 허느냐며, 조금만 손질하면 괜찮다고 하는 게 아닌가. 지금까지 근면 성실하고 소박했던 그가 융통성 없는 사람으로 보였다.

그런 일이 있은 지 며칠이 지나서, 우리 지역이 서울 동북부의 마지막 대단위 택지 개발지구로 지정되어 수천 가구의 아파트가 분양된다는 소식이 들렸다. 나는 더욱 들떴다. 아이들도 다 자랐겠다 헌집에 대한 불편함을 훌훌 털어버리고 편하다는 아파트에서 살아보고 싶었다. 남편의 반응을 뻔히 알면서도 이번엔 아파트 이야기를 늘어놓았다. 예상했던 대로 묵묵부답이다. 할 수 없이 내 마음을 바꾸기로 하고, 속상한 기분을 가라앉히기 위해 소파에 앉아 눈을 감았다. 그때, 창 밖에서 들려오는 새소리와 소들의 울음소리, 전깃줄을 흔드는 바람소리까지 정답게 들려왔다.

벌떡 일어나 안방으로 가서 창문을 활짝 열었다. 은행나무가 까치둥지를 이고 다소곳이 서 있다. 아침 일이 끝나면 남편과 나란히 앉아 휴식을 취할 때, 이 창문은 생동하는 화면이었다. 파란 하늘을 배경으로 나뭇가지에 앉아 지저귀는 새들을 바라보며 우리도 새가 되었다. 또한 달과 별이 나뭇가지에 걸려있고 풀벌레가 현악기를 가지고 연주하듯 울어대는 가을밤은 한 편의 시였다. 비록 새 건물이 시야를 막아버렸지만 뒷동산에 올라서면 불암산이 하얀 이를 드러내고 미소 지으며 다가오고, 태릉을 품고 있는 능선이 꿈틀거리는 고래등같다. 우리 마을도 한눈에 볼 수 있으니 우리 집이 낮아졌다고 해서 문제될 게 없지 않은가.

사람들은 내 아이들을 보고 맑고 고운 심성을 지녔다고 칭찬을 한다. 그것은 풀밭에서 뒹굴며 풀벌레소리와 새소리를 듣고 자랐기 때문이리라.

문명은 사람을 병들게 하고 자연은 사람을 소생시키며 자연과 더불어 살 때, 사람은 시들지 않고 삶의 기쁨을 누릴 수 있다고 한다. 최첨단 아파트를 조성한다고 유혹하지만, 그보다 문명엔 좀 뒤져 있어도 공해가 덜하고 조용해서 새들이 찾아오는 내 집이 더 귀하게 느껴졌다. 나는 우리 가족이 자연과 함께 건강하게 살아온 삶의 무게보다도 인공미와 편안함에 현혹되어 소중함을 잠시 잊고 있었던 것이다. 들떴던 마음을 제풀로 가라앉힌 나를 보고 남편의 얼굴도 환해졌다.

백낙천(白樂天)은 이사 가서 오동나무에 걸린 달을 보고 흥에 겨워 집값을 더 주었다고 하고, 윤오영(尹五榮)은 동산에 올라가 아름다운 풍광에 '이 동산이 이웃에 있음으로 해서 내 집은 만금이나 비싸다'고 자부했다. 우리 집도 달을 걸어 놓는 나무가 있고, 풍광 좋은 뒷동산이 있고, 철따라 새들이 찾아와서 노래를 불러주는데 부러울 게 뭐람.

"깍깍! 찌리릭! 짹짹!"

새들의 합창이 봄바람을 타고 창문으로 막 쏟아져 들어온다.

(2000.)

# 행복의 조건

꼽추인 아버지와 정신지체부자유로 다리를 저는 어머니 그리고 일곱 살 된 딸 은혜가 오랜만에 기별도 없이 불쑥 찾아왔다. 첫눈에 예쁘고 똑똑해 보이는 은혜를 보고 반가움에 달려가 와락 껴안으며 목이 메었다.

그들은 몇 년 전, 이웃집에서 세 들어 살았다. 이사 오던 날은 몰랐는데 이튿날 아침, 그 집에서 나오는 사람들이 꼽추와 앉은뱅이인 것을 보고 섬뜩했다. 말이라도 걸어오면 어쩌나 마음의 빗장을 걸어 잠그며 눈길을 돌렸다. 알고 보니 시장바닥을 기거나 엉덩이를 끌고 다니며 값싼 생활필수품을 팔아주고 소액의 일당을 받는 사람들이었다.

나는 어쩌다 시장에 나가서 그들과 마주치게 되면 외면을 하고 지나쳐버렸는데, 그들은 쉬는 날이면 서슴없이 우리 집에 놀러와 젖소 구경도 하고 강아지들과 놀아주었다. 그들 자신은 남을 의식하거나 해를 끼치지도 않는데 공연히 괄시하며 혐오스럽게 여기는 내 마음이 더 불구라는 생각이 들면서 걸어 잠갔던 빗장을 열어 놓게 되었다.

꼽추인 주씨는 40세가 되어 장가를 가게 되었는데 그의 고용주가 장애자 보육원을 찾아가 색싯감을 정해놓고 왔다며 20세 초반의 미인이라고 자랑을 했다. 두 사람은 천생연분이었는지 선을 보던 그 자리에서 결혼 약속을 했다.

그들은 보육원에서 원장님의 주례로 결혼식을 올리고, 해거름에 우리 집에 들러 누가 시키지도 않았는데 내 시어머님께 큰절을 올렸다. 이 경사스러운 날, 의지할 가족이 없으니 따뜻한 부모의 정이 그리웠으리라.

나는 반살미로 그들의 저녁상을 차렸다. 상머리에 앉은 신부는 하염없이 눈물만 흘리며 음식을 먹지 못했다. 처음에는 보육원에서 20세가 되도록 바깥세상을 모르고 살아온 것이 서러워 그러는 줄 알았는데, 그녀의 말씨는 어눌했고 수저를 든 손은 파킨슨병을 앓고 있는 사람처럼 심하게 떨었다.

결혼한 지 서너 달이 지나더니 주씨는 만면에 미소를 지으며 아내의 임신을 우리에게 알리러 왔다. 축하의 말보다 나는 걱정이 앞서는데 그는 그저 좋아했다. 그의 아내도 가끔 내게 와서 남편이 집안일을 도와주며 옷과 목걸이, 반지 등도 사주었다고 자랑했다.

그녀는 비록 값싼 액세서리로 멋을 냈지만, 값비싼 보석으로 치장한 귀부인보다 행복해 보였다.

농촌에서 일에 파묻혀 살아오느라 패물엔 관심 없던 나는 그녀가 예뻐 보였다. 결혼 후, 남편에게 이렇다 할 선물을 받지는 못했어도 이제껏 행복했던 나로서는 그들의 삶이 아름답게 느껴졌다.

열 달을 잘 견뎌낸 주씨 아내는 보건소에서 건강하고 예쁜 딸을 낳았다. 아들을 원하던 주씨에게 나는 딸 하나만 키우는 것이 어떻겠느냐고 조심스럽게 말했다. 그는 아쉬워하면서도 아내를 보건소에 데리고 가서 불임수술에 동의했다. 그녀의 수술한 상처가 아물자 보건소 간호사의 조언을 받아 수술한 실밥을 내 손으로 뽑아주며, 아무쪼록 딸아이를 잘 기르라고 당부하였고 늘 그들에게 관심을 가졌다.

그러다가 아이가 첫돌이 될 무렵에 그들은 이사를 가게 되었다. 주씨 아내는 눈물을 글썽이며 내게 다가와 "캄타 — 했더요"라고 어눌한 말씨로 인사를 하더니, 자기 목에 걸었던 모조 금목걸이를 내 목에 걸어주고 떠났다. 나는 그녀의 체온이 남아있는 목걸이를 만지작거리며 그들이 떠난 자리에서 한참을 서 있었다. 한때나마 내가 외면하고 괄시했던 사람인데 이토록 순수하고 진실한 감사의 눈물을 내 가슴에 뿌리고 가다니. 그동안 미안하고 무거웠던 마음이 한결 가벼워졌다.

그렇게 우리 곁을 떠나 소식도 없이 살다가 5년 만에 아이를 건강하게 키워서 오늘 내 앞에 데리고 왔으니 내 어찌 감격하지 않으랴.

그들을 우리 승용차로 집까지 데려다주고 집안을 찬찬히 살펴보았다. 정갈하게 정돈된 살림살이와 활짝 웃고 있는 가족사진 등으로 아기자기하게 꾸며진 단칸방엔 그들의 행복한 삶이 배어있었다.

작별인사를 나누고 얼마쯤 오다보니 손을 흔들며 서 있는 단란한 은혜네 가족이 백미러에 담겨있었다. 가슴이 뭉클했다. 비록 장애인이고 가진 것은 많지 않지만 욕심 없이 살아가는 그들보다 신체가 온전하며 그래도 부(富)를 누리고 사는 내가 얼마나 더 행복하다고 말할 수 있을까. 행복을 추구하는 삶 속에서 허욕으로 덧입히려는 나는 진정한 행복의 조건이 무엇인가를 다시 생각해 보았다.

(2000.)

# 항아리 다섯 개

산이 가까워서 그런지 내가 사는 고장은 겨울이 일찍 온다. 단풍이 들기 시작하더니 추위가 갑자기 몰아쳤다. 낙엽이 찬바람에 쫓기며 뒹군다. 이맘때면 더 춥기 전에 김장을 담가야 한다.

김장을 하지 않는 가정이 점점 는다고 하는데 나는 아직도 김장을 반농사로 중히 여긴다. 텃밭에서 가꾼 야채로 김장을 해서 땅속 깊이 묻어놓고 늦은 봄까지 먹는다. 이 일은 내가 결혼해서 30여 년 해온 연례행사이다.

금년에는 아쉽게도 김장을 못하게 되었다.

오랜만에 남새밭으로 갔다. 지금쯤 잘 자란 김장감으로 그득해야 하는데 한쪽에는 마른 옥수숫대와 고춧대, 호박넝쿨과 한삼넝쿨로 뒤엉켜 있고, 맞은편에는 배추가 잡초 속에서 속이 빈 채로 얼었다 녹으면서 널브러져 있다.

그것들이 어렸을 때는 솎아주고 김매기를 하여 예쁘게 올라왔었는데, 오른쪽 어깨가 아파서 치료를 받느라고 텃밭이 저 모양이 되었다. 남편이 힘들어도 가꾸어주었으면 좋았으련만, 수십 마리의 젖소를 혼자 기르다시피 하는 그에게 쭈그리고 앉아 오밀조밀하게 가꿔야 하는 밭일까지 해달라고 할 염치가 없었다.

속상하여 한숨만 내쉬다가 김치광으로 갔다. 고만고만한 항아리 다섯 개가 먼지를 뒤집어쓴 채 내 손길을 기다리고 있다. 내가 그동안 애지중지 사용하던 김장독이다.

결혼 전, 서울에서 직장을 다닌답시고 집안일에 관심을 두지 않다가 시어머님 밑에서 김장을 담그는 일은 여간 어려운 게 아니었다. 특히 추울 때 김장을 해야 김치가 맛있게 익는다고 하여, 김장을 하는 날은 언제나 추웠다. 일의 두서를 몰라 눈물을 찍어내며 항아리 다섯 개를 땅에 묻어놓고 총각김치, 깍두기, 배추김치를 채워 넣으려면 하루해가 모자랐다.

어머님의 김치 담그는 방법은 파, 마늘, 고춧가루 양념을 조금 넣고, 젓갈도 새우젓만 조금 넣을 뿐 소금으로 간을 맞추었다. 그렇게 담은 김치는 혀끝을 톡 쏘며 칼칼하여 늦봄까지 먹어도 배추가 무르지 않고 아삭아삭 씹히는 맛이 일품이다.

어머님은 김장이 끝나면 밭에 남은 김장감을 깨끗이 손질해서 서울 사는 형님댁으로, 또는 김장을 못한 이웃에게 베푸셨다. 나는 손을 호호 불며 무, 배추를 다듬으면서 야속했다. 그 야속함은 내가


최복희 수필집

안살림을 도맡아 하게 되었을 때 비로소 풀리게 되었고 형제나 친지들에게 베풀 수 있는 넉넉함이 묻어났다. 무공해 농작물이라고 받는 이들이 더욱 고마워할 때는 가슴이 뿌듯했다.

항아리 속에는 김치와 함께 내 일손을 도와주던 이들의 정성과 사랑이 채워졌다. 김치를 꺼내 먹을 때마다 그들의 사랑을 떠올리면 마음도 따뜻해졌는데, 올해는 어쩔 수 없이 김치를 사 먹게 되었다.

하지만 다시 건강해지면 내 손으로 재배한 무공해 농작물로 김장을 넉넉히 담가서 나가 사는 자식들에게는 물론이고 형제나 친지, 이웃들과 나누어먹으려고 한다.

물걸레로 항아리의 거죽만 깨끗이 닦았다. 다시 오른팔이 절여온다. 더운물찜질이나 해야겠다고 집안으로 들어가려다가 무심코 뒤돌아보니 말끔해진 항아리 다섯 개가 반짝이고 있다.

(2003.)

# 젖소 등에 업혀 건너온 인생의 강

그동안 기르던 젖소들을 모두 팔아버렸다. 소들과 헤어진 지 한 달이 지났건만 그들을 돌보느라고 길들여진 습관들은 쉽게 변하질 않는다. 이른 새벽에 절로 잠이 깨는 것도 그 중 하나다.

그 시간에 할 일이 없어진 남편과 나는 뒷동산을 향해 대문을 나섰다. 대문을 나서는데 집유차(集乳車)가 거북이걸음으로 지나간다. 못할 짓을 하다가 들킨 사람처럼 흠칫했다. 그도 그럴 것이 집유차가 30여 해를 하루도 거르지 않고 우리 집에 도착하면 즉시 우유냉각기에 전원을 끄고, 그 날 생산된 우유를 집유차의 흡입기로 빨아올리느라 바빴다. 그런데 이제는 닭 쫓던 개가 지붕 쳐다보듯 멀어져 가는 집유차를 우두커니 서서 바라만 본다.

어둠이 서서히 걷히는 새벽, 길섶에 맺힌 이슬에 바짓가랑이를 적시며 산에 오르는 기분이 상쾌하다. 우직한 소의 성품을 지닌 남편은 말없이 앞서가고 그 뒤를 따라가며 사색하는 나의 재미도 쏠쏠하다.

직업이 낙농인 사람은 정년도 없고 타인의 구애도 받지 않는다고 우리를 부러워하는 이들도 있었다. 그러나 고된 노동으로 연중무휴이기 때문에 그들의 생각만큼 쉽지가 않다. 우리와 같은 시기에 시작한 목장 중에는 일이 버거워 일찌감치 그만둔 집도 여럿 있다.

한 달 전에 우리도 그 일에서 벗어났다. 직장인들처럼 정년퇴직을 한 셈이다. 아쉽기도 하고 홀가분하기도 해 만감이 교차된다. 희망 찬 인생의 강을 건너온 것 같아 감사하기도 하고 허허롭기도 하다. 일을 접으면서 참기 어려웠던 것은 자식처럼 기르던 소들을 마지막 떠나보내는 아픔이었다. 서운함을 줄여보려고 한 마리씩 내보내다가 마지막에 10여 마리를 한꺼번에 보내던 날은 가슴이 뻥 뚫린 심정이었다. 지금도 텅 빈 축사에 서면 팔려가던 날, 차에 오르지 않겠다고 땅이 파이도록 앞발을 버티며 꽁무니를 빼던 녀석들이 생각나 가슴이 아려온다.

회자정리(會者定離)란 의미도 되새겨 보았다. 하지만 왠지 소들이 우리 곁을 떠났어도 우리와 영원히 함께 있을 거라는 느낌이 든다. 긴 세월 우리가 소들을 돌보았다고는 하나 녀석들의 생활 모습을 보면서 울고 웃고, 지혜와 도리를 터득했다. 우리의 의식주는 물론 모든 경비를 대어 주었고 노후를 편히 보낼 수 있는 여건을 마련해

준 것도 그들 덕이니 잠시인들 잊을 수가 없다.

언젠가 우리 내외가 모처럼 녀석들을 남에게 부탁하고 1박 2일 여행을 갔었다. 돌아와 보니 낯가림으로 스트레스를 받아, 사료도 안 먹고 젖을 내리지 않아 한동안 애를 먹었다. 그 후로는 하루도 녀석들의 곁을 떠나지 않았다. 그렇게 키우던 놈들을 뿔뿔이 낯선 가정으로 보냈으니 그들의 심적 고통을 헤아리기 어렵다. 어린 딸 자식을 시집보낸 심정이다.

새벽부터 저녁까지 소들을 돌봐야 했기에 뒷동산에 기대어 살고 있으면서도 산책할 겨를이 없었다.

이런 저런 생각을 하며 쉬엄쉬엄 정상에 다다랐다. 숨을 고르며 가벼운 맨손체조를 하고 바위에 앉아 숲 속의 주인이 되어 풀벌레들과 산새들의 합창을 듣는다. 청랑하게 산을 울린다. 오랜만에 맛보는 한유다. 남편은 철봉에 매달려 한쪽 다리를 걸치고 한 바퀴 돈다. 귀밑머리가 희끗희끗하지만 마음만은 청춘인가 보다. 우리의 몸은 지쳤다. 나는 통증이 오는 어깨를 주무르며 조심하라고 남편에게 한마디 건넨다. 마을을 내려다보지만 서둘러 내려갈 이유가 없다.

그동안 젖소 등에 업혀 인생의 강을 건너왔다. 그 길에서 부귀영화나 명성을 떨치는 벼슬을 얻지는 못했지만 아쉬운 게 없다. 한 우물을 파서 끊임없이 솟아나는 샘물을 마시듯이 동물을 좋아하는 우리가 낙농을 천직으로 택해서 어려움을 무릅쓰고 그 일에만 종


최복희 수필집

사하며 살아온 것에 만족한다. 이제 내게 남은 인생의 강은 어떻게 건너가야 후회가 없을까.

떠오르는 해를 뒤로하고 산 그림자 속으로 내려오니 우리 집이 훤히 보인다. 전 같으면 소들이 우리를 보고 아이들이 "엄마!" 라고 부르듯 "움~머" 하며 소리를 질러댈 텐데…. 그들이 없는 텅 빈 운동장을 보니 눈앞이 흐려온다. 헛디뎌지는 발걸음을 옮겨놓으며 녀석들이 낯선 환경에 빨리 적응하여 마음 편히 잘 살아주기를 빈다.

(2000.)

# 떡국 두 그릇의 이벤트

성탄절이 사흘 앞으로 다가왔다. 아침에 일어나자마자 은근히 눈 소식을 기다리며 텔레비전을 켰다.

오늘은 내 삶을 돌아보게 하는 결혼기념일이다. 함박눈이 분분하던 날, 유행가 노랫말처럼 넓은 초원 위에 그림 같은 집을 짓고 목장의 안주인이 되려는 꿈을 안고 면사포를 썼다.

쉬운 일이 있을까마는 막상 그 생활에 뛰어들고 보니 젖소를 돌봐야 하는 삶은 이만저만 고달픈 게 아니었다. 우리 내외는 젊음을 담보로 봉두난발을 한 채 오로지 그 일에만 매달려오다가 젊음이 바닥이 나자 몇 해 전에 접고 말았다. 지금은 어린 손녀를 돌보며 여가를 보내고 있지만 목표를 향해 최선을 다한 만큼 후회는 없다.

하지만 결혼 30주년이 되도록 특별히 기억에 남는 날이 하루도 없다는 것에는 아쉬움이 있다. 기념 여행이나 선물을 주고받은 건

고사하고 마음에 드는 곳에서 외식 한번 하지 못하고 지냈으니 말이다. 그래도 그날을 잊은 적은 없다. 아마도 코앞에 성탄절이 있었기 때문일지도 모른다.

아침에도 남편이 달력을 보며 오늘이 결혼 30주년이라고 했다. 나는 모르고 있었던 것처럼 시치미를 뚝 떼고 "그러네요" 한마디 하곤 아이에게 말을 돌렸다. 바깥 날씨가 쌀쌀하니 늘 가던 아차산으로 산책하기는 틀렸고, 도서관에나 가서 손녀에게 동화책을 읽어 줘야겠다고 했다. 남편은 기다렸다는 듯이 점심은 도서관 3층 식당에 가서 먹자고 하더니, 씩 웃으면서 그게 결혼기념일 이벤트라고 하지 않는가. 나도 좋다고 맞장구를 쳤다.

도서관 식당에 도착하니 점심시간이 지나서 그런지 식당 안이 텅 비어 있다. 그곳은 도서관을 이용하는 초·중고생 및 일반인들이 간단하게 요기할 수 있는 정도의 간이식당이다. 우리는 떡국 두 그릇과 밥 한 공기를 시켰다. 음식이 만들어질 동안 아이 손을 잡고 식당 벽에 걸려있는 시를 감상했다.

시제가 '남가일몽(南柯一夢)'이다. 꿈과 같이 헛된 한때의 부귀영화를 비유하는 말이다. 공교롭게도 지은이는 현재 내가 활동하고 있는 수필문학회 회원인 한 선생으로, 각급 교육기관을 두루 거치며 요직에 몸 담고 있다가 퇴직한 분이다. 그의 고고한 인품이 배어있는 시를 감상하며 나의 삶이 그분처럼 영화롭지는 못했지만 많은 공감을 했다. 특히 다음 구절은 지금의 내 심정을 표출한 것 같아 다시 한번 읊었다.

　사랑, 미움, 욕심, 삶의 편린들/ 그냥 벌거벗은 채 뒹굴다가/ 만수향 하얀 연기 불러 타고/ 가는 곳 물어가며 발길을 재촉한다

　음식이 나왔다. 떡국 두 그릇에 밥 한 공기, 반찬이라곤 익지도 않은 깍두기 한 접시가 결혼 30주년 점심상이다. 시장이 반찬이라고 맛있게 먹었다. 아무런 불평도 없이 서로가 평화를 느끼면서. 마음의 평화가 바로 행복이라고 하지 않는가. 지난날을 곰곰이 생각해 보니, 요즘 젊은이들처럼 이혼을 쉽게 여겼더라면 오늘 같은 행복을 맛볼 수 없었을 게다.

　네 살배기 외손녀에게 오늘이 할아버지와 할머니가 결혼한 날이라고 말했더니, 아이는 눈을 동그랗게 뜨며 "늙어서 어떻게 결혼을 해." 라고 하지 않는가. 금년의 결혼기념일은 먼 훗날까지 잊지 못할 것이다. 외손녀가 결혼 30주년 이벤트장에서 꼬마 들러리가 되어주었기에.

　아이는 점심 밥그릇을 비우자마자 빨리 동화책 읽으러 가자고 하며 자리에서 일어나 앞장서 갔다. 우리는 웃음꽃을 뿌리며 걸어가는 아이를 따라 유아도서열람실로 들어섰다.

(2005.)

# 사랑의 발마사지

　어느 지역에서는 자원 봉사자들이 소외된 노인들에게 발마사지를 해주고 있는데, 발마사지를 받은 노인들이 하나같이 노인네 발을 누가 이렇게 정성스레 닦아주고 만져주냐며 감사하고 미안한 마음을 감추지 못한다고 한다. 봉사자들의 사랑이 노인들의 발끝까지 전해졌기 때문이리라.

　나는 약골이지만 건강만은 자신하며 살아왔다. 그런데 얼마 전, 의료공단에서 실시한 건강진단 결과는 골다공증과 콜레스테롤 치수가 매우 높게 나왔다. 그럴 때는 약물치료와 걷는 운동이 좋다고 하여 하루도 거르지 않고 하고 있는데 발뒤꿈치에 가벼운 통증이 왔다. 일시적인 현상이려니 하고 달포를 참았는데도 여전하다. 할 수 없이 정형외과에서 진찰을 받아보니 족저근막염이라고 했다. 족저근막염이란 아취근위부와 발뒤꿈치 부위의 통증을 일컫는 용어

이며, 딱딱한 신을 신고 오래 걷는다든지 뒤축이 낮거나 쿠션이 적은 운동화를 신고 장시간 달리기를 한 후에 생기기도 하는 증상이라고 한다. 의사는 내게 적당한 운동을 하라며 대수롭지 않게 말하기에 걷는 운동에 비중을 두고 통증을 안고 산다.

그러던 어느 날 저녁, 남편이 슬며시 내 발을 끌어다 주물러 주는 게 아닌가. 뜻밖이었다. 다정한 말 한마디 못하는 사람이 내가 부탁도 안 했는데 발마사지를 해주다니! 짜릿한 전율이 내 몸을 감쌌고 피로가 서서히 풀리면서 시원함에 나도 모르게 잠이 들었다.

내가 발마사지요법을 알게 된 것은 몇 해 전, 중국 계림으로 여행을 가서였다. 관광을 마치고 숙소로 돌아오자 가이드가 피곤한데 발마사지를 권했다. 호기심에 안내하는 대로 희미하게 불이 켜진 좁은 방으로 한 사람씩 들어갔다. 뒤따라 앳된 소년이 들어왔다. 음양에 맞춰 남자는 여자를, 여자는 남자를 마사지해 줘야 더 좋은 효과를 본다나? 소년은 밝은 미소를 지으며 나를 의자에 앉게 하고는 진종일 한 번도 신을 벗지 않아 냄새나는 발을 물로 깨끗이 씻겨주었다. 그런 다음 수건으로 물기를 닦고 크림을 발 전체에 바르더니 발바닥을 정성껏 문지르고 두드리고 눌러댔다. 아무리 그들에게 돈을 주고 받는 일이지만 난 너무 민망하고 쑥스러워서 뛰쳐나오고 싶었다. 발은 몸을 지탱하기도 하며 움직이게 하는 중요한 부위건만 흔히 더럽다고 홀대를 받아 함부로 남 앞에 내놓기를 꺼려하지 않는가. 20여 분이 여삼추 같았다. 마치고 나서도 시원하다는


최복희 수필집

느낌은 전혀 안 들고 어린 소년에게 미안한 감만 들어 정해진 팁 외에 더 얹어주었다.

그 경험을 계기로 발마사지가 우리 몸에 어떠한 영향을 미치는 지와 발에 대한 자세한 지식을 알게 되었다. 발에는 인체의 모든 기관과 연결되는 혈관과 신경조직이 있어서 자극을 주면 전신운동 이 되고, 또 몸의 가장 밑바닥에 위치해 있기에 인체의 노폐물이 쌓여 있기 쉬우므로 수시로 흔들어주는 것이 좋다고 한다. 발에는 그 사람의 병력과 노화가 그대로 노출되어 있으며, 발마사지를 해 주면 혈액순환이 촉진되고 인체의 에너지 순환 장애를 제거해 각 기관의 조직활동을 원활하게 해준다고 한다.

인체기능이 떨어지는 노년기에는 하루에 만보 걷기요법이 좋다 고 한다. 그러나 이를 실천하기는 그리 쉽지 않으니 발마사지는 노 인들의 건강 유지에 제격일 뿐만 아니라 남녀노소를 막론하고 누 구에게나 좋은 건강요법이다. 그러니 부부지간이나 부모자식간, 그 누구와도 사랑과 정성을 담아 상대에게 발마사지를 해준다면 서로 의 사랑도 깊어지고 효과도 배가 되지 않을까.

사랑의 봉사자들을 떠올리면서, 그동안 나는 남이 주는 것만큼만 갚으려고 하거나 내가 호의를 베풀고 나서는 그 대가를 기대하며 살지 않았나 싶다. 남편이 내게 사랑으로 발마사지를 해주는 것도 당연한 일로 여기지 않았나. 남편의 발부터 마사지를 해줘야겠다. 제자들의 발을 씻겨준 나사렛 예수처럼.

(2007.)

# 또 하나의 나

근래에 와서 '고개 숙인 남자'라는 말이 자주 거론된다. 그 말은 여권이 신장되면서 남성들의 기세가 수그러들었다는 말도 되지만, 여자를 배려하는 남자들이 늘어남에 따라 생겨난 말이기도 하다.

아무리 세상이 변하고 남자들이 변한다고 해도 나와는 무관하다고 여겼는데 우리 집에서도 변화가 일어났다.

지난 김장때였다. 추위가 성큼 다가오자 건강이 시원치 않은 나는 김장할 걱정이 태산 같았다. 그런데 사대부집 양반처럼 근엄하고, 내가 하는 일엔 전혀 관심을 두지 않던 남편이 김장을 돕겠다고 두 팔을 걷어붙였다. 텃밭에 가꾸어 놓은 김장감을 거두어들이고, 내가 말하는 대로 불평 없이 일을 척척 해주었다. 마늘 까기, 무 다듬어 씻기, 파 다듬기, 김장독 묻을 구덩이 파기 등등. 그 모습은 마치 주인의 말을 잘 듣는 마당쇠 같았다.

지하에 계신 시어머님이 이 사실을 아신다면 두 눈 부릅뜨고 벌떡 일어나실 일이다. 어머님은 당신은 남자일, 여자일 구분 없이 다 하시면서 남편에겐 주방에 얼씬도 못하게 하셨으니 말이다.

바깥일을 얼추 끝내고 주방 바닥에 앉아 우리 내외는 배추 고갱이로 소를 싸서 서로의 입에 물려주며 오순도순 신랑 각시 소꿉놀이하듯 했다. 천진스러운 아이들처럼 턱밑이 김칫국으로 얼룩졌다.

나 혼자 하면 이틀은 잡아야 하는 김장을 남편이 거들어주니 하루해가 한 자나 남았는데 끝이 났다. 발갛게 물든 김치를 맞들어 김치광으로 옮겨놓고 항아리에 쟁이며 우리의 행복도 함께 채웠다. 금년 겨울은 김치를 꺼내 먹으며 그 어느 해보다도 푸근하게 보낼 것 같다.

둘이서 부지런히 뒷설거지를 끝내고 찻상 앞에 마주 앉았다. 남편의 얼굴을 보니 반백이 된 머리숱도 많이 줄어들었고 수염까지 희어져 있지 않은가. 연민의 정이 솟았다. 내 머리 세는 것만 안타까워했던 자신이 부끄러웠다. 그러나 남편은 자존심이 꺾인 표정이 아니라 자선을 베푼 자의 행복한 모습이었다. 마당쇠 남편과 부엌데기 아내의 처지일지라도 황제와 왕후가 부러울 게 없었다.

부부는 오래 오래 함께 살고 볼 일이다. 또 하나의 나를 이제야 남편에게서 발견할 수 있게 되었으니.

(2006.)

| 제5부 | **봄볕 한 줌**

# 봄맞이

창 밖에서 새소리가 들린다. 어린 손녀를 안고 창문을 활짝 연다. 개나리 울타리에서 재잘대던 참새들이 창문 여는 소리에 놀라 포르르 날아오른다. 아이가 눈을 크게 뜨고 "우! 우!" 소리치며 활갯짓하는 모습이 참새 같다. 햇볕이 내려앉은 뒤뜰에서 아지랑이가 피어오른다. 봄이 왔구나. 봄은 가슴 설레게 하는 반가운 손님이다.

봄볕이 좋아 아이를 둘러업고 나간다. 감기 들까 무서워 겨우내 방안에서만 데리고 놀다가 밖으로 나가니까 좋은가보다. 아이가 등에서 엉덩춤을 춘다. 울타리 밑 고샅길을 따라 한 걸음 한 걸음 뒷동산으로 향하는데 쉼돌이·복실이·재롱이가 꼬리치며 따라나선다.

봄맞이를 가는 길이다. 가는 길에 이웃집 비닐하우스에 들러본다. 밤에는 아직 동장군이 진을 치고 있어 두툼한 덮개를 덮고 있던 새싹들이 한낮의 봄볕을 쬐고 있다. 겨우 두 잎이 나온 아욱이다. 여린 새싹이 갓 태어난 손녀를 만났을 때처럼 신비롭다. 등의 아이를 앞으로 돌려안으며 저 예쁜 새싹 좀 보라고 해도 아이는 내 말엔 관심이 없고 이리저리 뛰노는 개들만 바라본다. 비닐하우스를 짓고 남은 자투리땅에선 파싹이 죽순처럼 뾰족뾰족 올라온다. 영하의 날씨 속에 얼어죽지 않고 살아난 여린 생명들이 경이롭다. 새봄에만 느껴보는 감정이다.

산 중턱에 오르니 마을이 훤히 보인다. 이제 우리 마을에도 개발 바람이 불어와 논밭이었던 곳에 건물이 들어섰다. 그래도 뒷동산과 산자락에 따비밭 몇 떼기가 남아 있어 계절의 변화를 쉽게 접할 수 있으니 다행스럽다. 추위에 죽은 듯이 침묵하던 뒷동산이 가만가만 눈을 뜨기 시작한다. 푸른기가 감도는 양지바른 언덕은 아이들에게 동심을 심어준 놀이터다. 눈이 내리면 사료봉지를 들고 와서 눈썰매를 탔고, 봄엔 진달래꽃을 입에 물고 새소리를 들으며 뒹굴었다. 그러던 아이들이 결혼하여 아이를 낳았고, 나는 그 아이를 업고 그 자리에 서있으니 감개무량하다. 자연의 순환처럼 인생도 그렇게 돌고 있다는 것을 실감한다. 30여 년 전, 봄처녀 가슴으로 이 마을에 첫발을 들여놓은 때가 아득하기만 하다.

뒷동산은 고래등같다. 멧부리에 얼레빗살처럼 듬성듬성 서 있는 나무 꼭대기엔 밤송이 같은 까치집이 서너 개 보인다. 비닐하우스 앞에서 무언가 찾고 있던 까치가 가느다란 나뭇가지를 가로 물고 산으로 날아간다. 날씨가 따뜻해지니 부지런히 헌 집을 수리하는 모양이다.

　산등성이까지 가기엔 무리가 될 것 같아 우리처럼 축산을 하다가 그만둔 이웃집에 가까이 가 본다. 전에는 근처만 가도 쇠똥 냄새가 코를 찌르고 소 울음소리가 들렸는데, 오늘은 소 울음 대신 산새소리만 요란하다. 새들도 봄이 와서 신바람이 나는가보다. 사람들의 소리라면 시끄럽게 들릴 터인데 새소리는 노래로 들린다. 산 가까이 있는 집이라서 새들이 많이 찾아오고 운치가 있어 나는 그 집 앞길로 자주 다닌다. 텃밭을 보니 마른 고춧대와 허섭스레기를 태운 재가 널려있다. 모두들 봄이 왔다고 좋아하며 생동하는 시절인데 나만이 동면하듯 침잠하고 있지 않았는가. 나도 얼른 집으로 가서 텃밭에 흩어진 검불을 긁어모아 태우며 봄맞이를 해야겠다.

　봄은 해마다 어김없이 찾아오건만 언제나 가슴 설레며 기다려지고 새롭기만 하다. 적지 않은 삶을 살아온 나 자신을 돌아본다. 그동안 나는 그 누구에게 가슴 설레며 만나고 싶은 반가운 대상이었는지. 여생은 새봄과 같은 사람으로 살고 싶다. 가던 길을 되돌아 집으로 향한다. 아이는 등에서 잠이 들고 봄볕은 정수리에 내려와 따갑다. 정신을 차리고 보니 집을 나설 때 따라나선 개들이 보이질 않는다. 난 그것도 모르고 봄볕에 취해 쏘다니다가 대문에 들어서니 개들이 먼저 집에 와 있다가 꼬리치며 반긴다. 봄볕도 냉큼 나를 앞질러 들어와 아직 가랑잎이 얼어있는 앞마당에서 뒹군다. 눈이 부시다.

(2004.)

# 봄볕 한 줌

퇴원하고 처음으로 앞뜰에 나와 꽃밭을 살펴본다. 나무들은 죽은 듯이 서 있는데 봄볕이 스며든 담 밑에선 새싹이 돋고 있다. 담벼락에 기대어 새싹을 보고 있으려니 두 달 전, 오른쪽 어깨 수술을 받고 불편함을 겪는 동안 내게 봄볕만큼이나 따스한 손길로 배려해준 고마운 얼굴들이 떠오른다.

일이 힘에 부치다 싶더니 몇 해 전부터 어깨에 통증이 왔다. 내 나이 또래가 흔히 겪는 오십견이려니 여겼는데 진단 결과는 회전근개파열이라고 한다. 어깨 힘줄이 파열되었다는 것이다. 수년 동안 하루도 거르지 않고 우유통이나 물통을 들고 나르는 일을 하여 그렇게 된 것 같다. 기계든 사람이든 반복하여 사용하게 되면 고장이 나게 마련 아닌가. 그래서 수술을 받았고, 수술한 지가 두 달이 넘었는데도 팔을 고정시키는 보조기를 풀지 못하고 있다.

오른손잡이가 오른팔을 못 쓰고 있으니 불편한 일이 한두 가지가 아니다. 먹고 입고 씻는 것까지 도움이 필요하다. 내게 가장 가까이서 오른팔이 되어 주는 이는 남편이다. 본래 말수가 적은 그가 내 아픔이 자신의 죄인 양 미안해하며 하루에도 몇 번씩 아픈 팔을 운동시켜준다. 힘줄이 굳어지지 않게 하기 위해서 재활치료를 하는 것이다. 전에는 주방 일에 관심도 없던 그가 이순의 나이에 설거지하는 뒷모습을 보고 있으면 감사한 마음과 연민의 정마저 생긴다.

언젠가 나는 남편에게 이런 말을 했다. 나는 당신이 어떤 경우에 처하더라도 보호해줄 각오가 되어 있는데 당신은 내가 아파 눕게 되면 어떻게 할 테냐고 그러면서 집안일을 하나씩 가르쳐야겠다고 농담 삼아 말한 적이 있다. 그런데 그 말이 이렇게 빨리 현실이 될 줄이야.

내 아픈 팔이 완쾌될 때까지는 시일이 걸려야 한다니 답답하다. 가족들이 도움을 주는 것도 고맙지만 남들이 베풀어주는 배려에는 코끝이 찡해진다. 어쩌다 버스를 타면 자리를 양보하거나 아픈 팔을 건드릴까봐 염려해주는 이들의 마음을 읽을 수 있다.

팔은 못 써도 다리가 성하니 남편 따라 산모임 가족 봄나들이에 참석했었다. 태안반도와 금산, 남해를 돌아오는 동안 남편과 내 곁에 있던 일행들이 차를 탈 때나 산에 오를 때마다 조심스럽게 부축해주고, 밥상머리에 앉으면 생선 가시를 골라 밥숟가락에 얹어주는 등 세심하게 보살펴주었다. 내가 받은 그런 작은 인정이 오늘 따라 감동으로 다가온다.

　병문안을 해주면 그 병자는 60분의 1만큼 호전된다고 한다. 내가 수술하고 나서 고통을 이겨낼 수 있었던 것도 살가운 가족들의 보살핌과 이웃, 친지들의 병문안 그리고 동병상련인 환자들의 위로가 큰 도움이 되었다.

　할 일을 두고도 우두커니 있을 수가 없어 독서를 하고 있다. 일본 청년이 쓴 『오체 불만족』이란 책을 읽었다. 작가는 태어날 때부터 사지가 없는 장애인이다. 그는 그토록 중증 장애를 갖고 있으면서도 구김살 없이 밝게 자랐다. 특수교육을 받은 것도 아니고 그 몸으로 정상인이 다니는 학교 교육을 받았다. 그가 그렇게 원만히 생활할 수 있었던 것은 부모님의 정성스러운 보살핌과 사회의 편견 없는 따뜻한 배려가 있었기 때문이다. 그가 곤란을 겪고 있을 때, 언제나 도움의 손길을 보내는 사람들이 있었다고 한다.

　우리는 현대 경쟁사회 속에서 인정이 메마른 사회로 변해가고 있다고 한다. 그러나 나는 선량한 사람들이 살고 있는 사회에 어쩌다 덜 착한 사람들이 끼어 있다고 본다. 이 사회는 따뜻한 피가 흐르는 사회라고 말하고 싶다. 자선 방송프로 시간에 ARS 통화량이 늘어나고, 생면부지의 사람끼리 사랑의 릴레이로 장기를 주고받고, 사회의 어두운 곳을 찾아다니며 불을 밝히는 자원봉사자들도 많지 않은가.

　나는 잠시 신체장애를 겪고 있지만, 따뜻한 봄볕 한 줌이 어두운 땅속에 씨앗을 틔우듯이 나도 고통 속에서 힘들게 살아가는 이들에게 환하게 웃음꽃을 피울 수 있는 인정을 베풀고 싶다.

(2000.)

# 자연이 살아 숨쉬는 곳

　햇살은 눈부시고 바람은 잔잔한 오후, 손녀를 안고 한강둔치에 갔다. 구리시 외곽을 스치며 흘러내리는 그곳은 7만여 평의 아름다운 공간이다.

　몇 년 전만 해도 잡초만 무성한 버려진 땅이었다. 그런 땅에 구획정리를 하고 각종 꽃들을 심어놓아, 계절이 바뀔 때마다 가지각색의 꽃들로 카드섹션을 연출해내고 있어 사람들의 발길을 유혹한다. 공원부지 중 절반 이상을 코스모스 밭으로 조성해서 가을에는 '코스모스 축제'가 열리고, 봄에는 유채꽃 축제와 함께 백일장이 열리기도 한다.

　강물이 내려다보이는 곳에 돗자리를 폈다. 넓은 우산을 비치파라솔 삼아, 손녀와 그 그늘에 앉아있으니 행복했다. 넓은 둔치 한쪽에서는 학생들이 축구와 야구를 하고, 그 뒤로 높직이 올려다 보이는 큰길에는 자동차들이 공중에 떠가는 듯 질주했다. 5월의 햇살이 부서지는 강물 위에선 물새가 한가롭게 날고 있다. 얼굴을 스치는 강바람에 활짝 웃던 아이가 갑자기 눈을 크게 떴다. 아이의 시선이 닿는 곳에 나비가 날고 있었다. 꽃밭 사잇길로 거니는 연인들이 쌍쌍이 나는 나비마냥 정겨웠다. 어쩌다 우리 곁을 지나는 사람들은 아가를 보며 꽃처럼 예쁘다고 한다. 그 말을 알아듣기나 한 것처럼 아이도 손을 흔들었다.

내가 사는 고장에 이토록 평화롭게 쉴 수 있는 곳이 있다니 고마운 일이다. 뙤약볕 아래서 꽃밭을 가꾸고 있는 공공근로자들의 노고 또한 고마웠다.

내가 그곳을 처음 들렀을 때는 늦가을이었다. 수십 종의 꽃들이 꽃잎을 떨구고 따가운 가을볕에 씨가 여물고 있었다. 제때를 못 맞추어 늦게 핀 꽃들이 낮은 자세로 드문드문 피어 있어 더욱 청초해 보였다. 뒤늦게 찾아오는 우리를 기다렸다가 핀 꽃 같아 나도 허리를 굽혀 눈맞춤했다. 그날, 잘 여문 꽃씨를 받아다 텃밭에 뿌렸더니 봄이 되자 형형색색 예쁜 꽃들이 피어나 한강 둔치의 꽃밭 한 귀퉁이를 떼어다놓은 것 같았다.

둔치엔 꽃밭마다 꽃말과 원산지 그리고 그 꽃을 제재로 한, 시를 적은 팻말이 군데군데 꽂혀 있어 즐거움을 더해 주었다.

꽃이 피고 각종 곤충이 서식하고, 강물과 함께 시가 흐르는 그곳은 아이들의 자연학습장이요, 시민들의 쾌적한 휴식처이다. 더욱이 시멘트 건물 속에 살면서 흙 밟을 기회가 많지 않은 도시인들에게 더없이 좋은 산책 코스다. 강 건너에 있는 야트막한 산들이 물속에 잠겨있는 풍경은 그림 한 폭이다. 원두막도 두어 개 세워졌고, 큰 나무도 그림자를 거느리고 의젓이 서 있다. 내가 몇 해 전에 둘러본 프랑스의 세느 강과 영국의 템즈 강가가 부럽지 않다. 난 두고두고 이곳을 찾으며 정경을 곱게 엮어보리라.

석양이 내려앉은 한강 둔치를 뒤로하고 귀가하는 마음은 푸근했다. 사람도 자연의 일부이기에 자연과 어우러질 때, 가장 편안하고 행복을 맛보게 되는 게 아닐까. 자연이 살아 숨쉬고 꿈과 낭만이 흐르는 이곳은 시민들의 영원한 심신의 단련장이요, 사색의 장이 될 것이다.

(2003.)

# 갈매기의 꿈

조간신문을 보다가 '우리 갈매기 맞아?'라는 제목에 시선이 멈췄다. 부산 해운대해수욕장에는 시베리아에서 날아온 붉은갈매기와 재갈매기 등 수천 마리가 서식하고 있는데, 관광객들이 각종 먹이를 충분하게 건네주니까 물고기를 잡으려 들지 않아 야성을 잃어간다는 내용이다.

그 기사는 월미도 갈매기를 연상케 했다. 월미도는 남편과 첫 데이트를 했던 곳이다. 서울에서 직장 생활을 하던 나는 어른들의 주선으로 그와 찻집에서 처음 만났고, 다음 날 그가 나를 데리고 간 곳이 월미도였다. 그곳은 6·25전쟁 때 인천상륙작전의 전초지로, 전쟁이 끝난 후 수년간 미군부대가 주둔하고 있었다. 그 부대가 바로 남편이 군복무를 한 곳이었다.

우리가 갔을 때 미군부대는 이미 철수하였고, 부대가 주둔했던 월미산은 민간인 통제구역으로 철책이 쳐 있었다. 산자락 밑으로 빙 둘러 길이 나 있고, 바다를 메워 만든 광활한 간척지엔 해풍에 너울대는 갈대만이 우리를 반겼다. 출렁이는 바닷물 위로 갈매기가 한가롭게 날고 고즈넉이 떠있는 섬들 사이로 작은 고깃배가 가물거릴 뿐 조용했다. 그런 가운데 해안가 갈매기들은 힘찬 날갯짓을 하며 먹잇감을 찾느라 여념이 없었다. 그와 나는 하늘 높이 날고 있는 갈매기들을 바라보며 서로의 마음을 조금씩 알아가고 있었다. '조나단'의 꿈을 꾸면서….

인연이 되려고 그랬을까. 갈매기와 바다 때문이었을까. 그는 바다처럼 큰 포부를 설명했고, 목표를 갈매기처럼 어디든지 날아갈 수 있다는 용기로 보여주었다. 우리는 자연스럽게 가까워졌고 순조롭게 결혼을 하게 되었다.

30여 년이 지나서야 일손에서 벗어나 가슴 설레며 다시 월미도를 찾아가 보았다. 오랜만에 찾은 월미도는 딴 세상이었다. 텅 비었던 간척지엔 주택이 들어서고 호화스러운 상가가 즐비하며 놀이공원에선 고막이 터질 듯 음악이 울려 퍼지고 있었다. 관광객들이 붐비는 문화의 거리에는 즉석 인물화를 그리는 화가들도 눈에 띄었고, 선착장에서는 유람선을 타려고 관광객들이 장사진을 치고 있었다.

해안에 놓여 있는 의자에 앉아 낯설기만 한 주위를 유심히 살펴보았다. 그때 내 관심을 끈 것은 갈매기들이었다. 유람선이 선착장에서 미끄러지듯 떠나가며 뱃고동을 울리자 바닷가에 앉아있거나

서성이던 갈매기가 떼를 지어 일제히 날아올라 배 주위를 맴돌며 관광객들이 던져주는 과자를 받아먹느라 아우성이었다.

나는 30여 년 전 그날을 떠올리며 과자 한 봉지를 사 들고 유람선에 올라, 갈매기들을 향해 힘껏 던졌다. 숙련된 솜씨로 과자를 낚아채는 모습이 재미있고 신기했다. 과자가 동이 나자 그들은 약속이나 한 듯 어디론가 날아가버렸다. 갈매기들이 사라진 뒤, 유람선 난간에 기대 서 있자니 허탈했다. 모든 걸 부모에게 의지하려는 요즘 젊은이들의 사고가, 관광객들이 던져주는 먹이에 길들어 제 힘으로 물고기 한 마리 잡으려고 하지 않는 월미도 갈매기들과 같아서이다.

우리는 후세에게 빈곤을 물려주지 않으려는 일념으로 최선을 다해 살아오기는 했으나, 고기 잡는 법을 가르치기보다는 잡아 주는 데 힘쓴 것은 아니었을까.

외국의 이야기지만, 공원에서 동물들에게 먹이를 함부로 주면 벌금을 무는 경우가 있다고 한다. 폭설 등으로 동물들이 위기에 놓여 있을 때만 먹이를 줘야 한다는 것이다. 아이를 키우는 일도 마찬가지리라.

그 뒤로는 월미도를 가더라도 갈매기들에게 과자를 주지 않는다. 자식들에게도 지나친 관심을 두지 않기로 했다. 그래야만 저들만의 꿈을 안고 언젠가는 힘찬 날갯짓을 하게 되지 않겠는가.

(2003.)

# 천둥번개 속의 농악놀이

우리 고유의 민속놀이를 구석구석 찾아내어 다시 이어 나가자는 뜻에서 경기도 민속놀이 경연대회가 열렸다. 그 뜻 깊은 행사에 우리 고장 대표팀인 농악대의 징잡이로 참여하여 가슴 뿌듯하다.

징잡이가 된 것은 구리농협을 통해서였다. 주부대학 수료생들을 중심으로 취미교실이 열렸다. 꽃꽂이·서예·농악반원을 모집했는데 농악반은 희망자가 적어 폐지될 형편이었다. 어느 회원은 가족들에게 농악을 배우겠다고 하니까 무당이 되고 싶으냐고 했단다. 나 역시 가족들이 달가워하지는 않았지만, 주부대학 총동창회장이었던 나는 그러한 이점을 살려 농악대를 만들고 회원들을 단합의 계기로 삼고 싶었다. 각 기의 임원들과 의논 끝에 임원 20여 명으로 농악반을 구성했다. 곱지 않은 주위의 시선을 무릅쓰고, 장구를 배우느라 손가락에 물집이 생기는 고통을 겪었다. 그렇게 꾸준히

배운 농악 솜씨가 우리 고장 농악대의 바탕이 될 줄이야.

농악대의 파트를 정할 때였다. 농악대에서 징은 가락의 첫 박자만 울려주는 단조로움과 무거운 징의 부담 때문에 징잡이를 원하는 사람이 없었다. 어쩔 수 없이 내가 나섰다.

농악놀이란 꽹과리·징·장구·북 등 타악기가 중심이 되어 춤과 노래가 어우러지는 우리나라 농경사회 때의 민속놀이이다. 농악의 꽹과리는 천둥 번개, 징은 바람, 장구는 비, 북은 구름으로 자연음향이라 한다. 자연과 어우러져 흙을 비비며 살아가던 조상들의 자연일체사상이 놀이에도 배어있음을 농악을 배우면서 깨닫게 되었다.

농악복의 색깔 조화에도 깊은 의미가 담겨 있다. 하얀색 바지저고리에 검정색 더거리, 어깨와 허리에 두르는 빨강, 노랑, 청색 끈 오색은 음양오행설에 붙여 동서남북 그리고 중앙의 오방에 해당하고, 좌청룡, 우백호, 남주작, 북현무, 황포라 하여 조상들이 신령스럽게 여기던 용·호랑이·봉황·거북 등의 동물과 사람을 의미함이라니 심오한 문화를 창조한 조상들의 얼에 감탄한다.

경연대회 장소는 여주공설운동장이었다. 막 입장을 하는데 심상치 않은 일이 일어났다. 먹구름장이 점점 내려오더니 먼 산부터 뿌옇게 덮어오고 있었다. 회원들의 긴장은 비장한 각오로 바뀌었다. 넓은 운동장 한가운데로 나가 삼채, 칠채, 쩍쩍이, 휘모리장단으로 흥겨운 농악놀이를 펼칠 때였다. 천둥 번개가 천지를 진동하며 소낙비가 쏟아지기 시작했다. 장구와 북은 빗물을 흠뻑 머금고 제 소리를 드러내지 못하고 꽹과리와 징소리만 더욱 세게 울려 퍼져 빗줄기를 타고 천둥소리에 묻혔다. 자연의 조화와 혼연일체가 된 우리는 그야말로 신들린 무아지경이었다. 내 발은 고무풍선이 바람에 날리 듯 둥둥 뜨고, 팔은 날개가 돋친 듯 너울거렸다. 나는 징의 무게도 잊은 채 허공으로 치켜 올리며 울려댔다. 신들린 무녀가 작두를 타는 기분이 그럴까. 관중들도 심사위원들도 흥겨움에 박수갈채와 환호성을 보냈다.

20여 분의 농악놀이는 한순간의 희열로 징소리의 여운을 남기며 끝났다. 신기하게도 하늘이 훤히 열리고 빗줄기도 가늘어졌다. 퇴장한 우리는 흙탕물 속에서 물장구를 치며 놀던 천진난만한 아이들의 모습 그대로였다. 더욱이 팀의 소고춤꾼으로 보충된 할아버지, 할머니들의 고깔모자에선 색종이로 만들어 단 꽃에서 물이 빠져 온몸이 알록달록 꽃비를 맞은 듯했다. 우리는 서로 마주보며 흥분 속에서 배꼽을 쥐고 웃었다.

그동안 농악을 배우면서 그처럼 신명나기는 처음이었다. 내 깊은 곳에 잠재하고 있던 신기가 자연과 혼연일체 되어 분출된 것이 아니겠는가. 지도강사는 우리에게 표정도 흥도 없이 장단만 친다고 나무랐었다. 창을 하는 사람이 폭포 앞에서 소리를 지르며 득음을 했듯이, 우리는 천둥 번개 속에서 농악놀이를 하며 신명이 난 것이다.


최복희 수필집

농악놀이는 조상들이 모꼬지를 할 때나 명절 때 하는 놀이이다. 여러 사람들이 화합하며 기를 증폭시키고 힘을 북돋우어, 힘든 작업을 원활하게 하기 위한 뜻이 있다.

문화나 예술은 수많은 노력과 순수함이 배어 있는 창작물이라고 한다. 서양문화가 판치는 이 시대에 우리의 고유문화를 간직함은 민족의 자존심을 세우는 일이 아닐까. 가장 토속적인 것이 가장 세계적이라고 하는데 농악이야말로 우리의 토속문화인 것이다.

자연을 숭배하고 존경하며 함께 어우러져 지혜를 터득하고, 문화를 창조한 조상들의 얼에 숙연해진다. 현대문명 속에서 자연을 해치고 오염시키며 살아가는 우리는 후손들에게 어떠한 문화를 남겨줄 수 있을까. 지금도 내 귓가엔 그 날의 농악소리가 맴돈다.

(2000.)

# 우정의 꽃

　오랜 세월 소식 모르고 지내던 친구들과 만날 수 있는 기쁨 때문에 금년 봄은 더욱 새롭게 다가온다.

　옛 친구들이 그리운 것은 나이 때문인가보다. 연락이 닿는 친구들과 전화나 이메일로 소식을 주고받고, 만나기도 하지만 최근에 연락처를 알아낸 친구들과는 전화로 목소리만 들었다. 중학교를 졸업한 지 40여 년 만에 듣는 음성인데도 누구인지 금방 알 수 있었다. 외모는 몰라보게 변했을 터인데 목소리는 단발머리 소녀 때 그대로였다. 세월이 가도 음성만은 쉽게 변하지 않는 게 다행스럽다.

　그리움은 나만이 느끼는 것이 아니었다. 호주로 이민 간 친구가 한국에 있는 친구들이 보고싶다며 뜬금없이 소식을 알려왔고, 대구에 사는 친구는 내게 반창회를 열자고 제의를 했다. 모처럼 해외여행 계획이 잡힌 친구와 선교사업으로 외국 출장을 가게 된 친구는 자신들을 빼놓고 만나지 말라고 신신당부를 했다. 이들은 수십 년 동안 한 번도 만나지 못했던 친구들이다.

중학교 졸업 후, 민들레 꽃씨처럼 사방으로 흩어져 소식도 없이 살다가 머리에 서리가 내린 이제야 너나없이 떠난 자리를 그리워하는 것은 어인 일일까. 사람의 정이란 세월이 지날수록 회귀본능이 있는가보다.

우리는 보릿고개 시절에 공부하느라고 고생이 많았다. 교사를 짓기 위해 일렬로 서서 벽돌을 나르고, 교정을 가꾸느라 산에 올라가 떼장을 떠서 이어 날랐다. 가을이면 수업을 단축하고 땅콩농가에 가서 콩 낟가리에 둘러앉아 참새들처럼 재잘대며 땅콩을 땄다. 그 품삯으로 학교 운영비에 보태야 했던 역경 속에서 순수한 우정을 나누던 친구들이기에 만나면 더욱 애틋하고 정겨울 것이다.

나는 3년마다 열리는 모교의 축제 '연미제'에 다녀온 적이 있다. 교사 1, 2층에 전시된 후배들의 솜씨(미술·서예·글짓기·공예 등)를 관람한 다음 3층에 마련된 학교 역사관에 들렀다. 모교가 발전해온 궤적을 되짚어보다가 졸업 앨범 속에서 학창시절을 보는 순간 코끝이 시큰거리며 웃음이 나왔다. 추레한 모습에 흰 무명천으로 만든 책가방을 들었지만 표정만은 밝고 천진스러웠기 때문이다. 열악한 환경 속에서도 서로의 허물을 덮어주며 지란지교(芝蘭之交)를 나누던 친구들이 아닌가.

그 당시에 우리나라의 국민소득은 100불에도 미치지 못했다. 불과 40여 년 전의 일이지만 국민소득 10,000여 불 시대에 살고 있는 지금의 후배들은 그 시절을 상상도 못하리라.

감회에 젖어 각종 나무와 화초, 자연석으로 아름답게 조경된 교정을 돌아보다가 본관 앞에서 발걸음을 멈췄다. 보랏빛 꿈을 꾸던 우리들처럼 여리기만 하던 소나무가 그동안 건장한 청년처럼 자라서 우뚝 서 있다. 옛 친구를 만난 듯 반갑고 대견했다. 우리가 뛰놀던 운동장엔 새 건물이 들어서고, 학교 앞 찻길 건너의 드넓은 논이 구름다리로 연결되어 대(大) 운동장이 되었다. 운동장 한 쪽에 최신식으로 지었다는 체육관인 학산관(鶴山館)도 나를 압도했다. 상전벽해란 말 그대로였다.

이제 모교가 설립된 지도 반세기가 넘었다. 비록 면(面)에 있는 작은 학교지만 냉난방시설을 갖춘 교실과 최첨단 기기가 설치된 체육관·기숙사 등이 완비되어 있어 서울의 그 어느 학교에도 뒤지지 않게 발전되었다. 우리가 다닐 때는 중학교만 3학급이었다. 그 후, 고등학교가 설립되고 학급 수와 학생들이 다섯 배나 늘었다.

교정에서 만난 후배들은 꽃보다도 예뻐 보였다. 교장선생님 말씀에 의하면 후배들은 대학 진학률도 높고 사회 요소요소에 모두 취업이 된단다. 자랑스럽다. 우리 세대들은 대부분 대학 진학이나 사회 참여에 눈 돌릴 여유가 없었다. 결혼하여 어려운 가정 살림을 꾸려오는데 급급했다. 그러느라고 교우관계도 애교심도 등한했다. 하지만 후배들은 사회에 나가 각자의 위치에서 명성을 떨쳐 학교 이름을 빛내고, 교우들과도 친밀한 유대를 이어가며 모교에 깊은 관심을 가져주었으면 하는 마음 간절하다. 눈부시게 발전된 교정을 혼자 거닐며 뿌듯한 기쁨을 친구들과 함께 하지 못해 아쉬웠다.

모교가 그토록 발전하는 동안 우리는 이순에 이르렀다. 내가 할머니가 되었듯이 친구들도 할머니가 되었겠지. 그러나 우리의 가슴엔 순수한 우정을 간직한 친구들이다. 세월이 우리의 남은 젊음을 마저 앗아가기 전에 하루라도 빨리 만나야하리. 너무 오래간만이어서 알아보지 못할 친구도 있을 것이다. 모습은 변하였어도 나쁜 소식이나 다친 데 없이, 그동안 살기가 힘들었어도 건강하고 밝은 모습으로 만났으면 좋겠다. 그리고 움츠렸던 우정의 꽃을 흐드러진 봄꽃처럼 활짝 피워보고 싶다.

총동창회가 열리기 전에 우선 반창회를 열자고 친구들에게 전화를 돌려야겠다.

"친구야. 보고 싶다. 우리 만나자."

(2006.)

# 우물 속의 별이 된 친구

자살하는 사람들이 해마다 늘고 있다. 그 숫자가 한 해에 12,000여 명이나 된다고 하니 놀랍고 안타까운 일이다. 유한한 인생인데 그 기간을 참지 못하고 생목숨을 끊어야 하는 이유야 구구하겠지만 그들의 절박한 심정을 누그러뜨려 죽고싶은 마음을 되돌릴 방법은 없는 것일까.

나는 자살 이야기만 나오면 지병이 도지듯 가슴 아리도록 그리운 친구가 있다. 6·25 전쟁이 끝난 후 고향에서 중학교에 다닐 때이다. 모두가 어려운 때라 교복은 무명천에 검정 물감을 들여서 지어 입었고, 헝겊으로 가방을 만들어 들고 다녔다. 게다가 대부분 10여 리 길을 걸어서 학교를 다니느라고 학생들의 얼굴은 햇볕에 그을러 초라했는데, 그 친구만은 달랐다. 뽀얀 얼굴에 머리는 항상 기름이 잘잘 흐르고, 교복도 가방도 당시로는 최고급으로 갖추고 다

넜다. 애교도 넘쳐흐르고 공부도 잘해 친구들과 선생님들의 눈길을 끌었다.

3학년 1학기 시험 전날이었다. 그애가 다가오더니 귓속말로 할머니가 안계시니 자기네 집에 가서 밤샘 공부를 하자고 했다. 10리 길을 걸어서 학교 다니던 나는 학교 근처에 사는 그애의 제의에 좋다고 했다. 집이 멀다는 이유 말고도 친구와 밤샘을 하며 공부한다는 자체가 내게는 색다른 경험으로 기대가 되었다.

친구네는 내가 상상했던 것과는 달리 울타리도 없는 오두막집이었다. 그렇지만 앞마당에는 꽃밭과 지붕도 없는 두레박 우물이 있어 정겨웠다. 친구 방으로 들어서니, 한 쪽 벽에는 십자수를 놓은 하얀 횃대보가 쳐져 있고 창문 아래 놓인 앉은뱅이책상 위에는 책과 연필꽂이가 가지런하고, 벽에는 하루생활 계획표와 사진 등으로 예쁘게 꾸며져 있었다. 나는 여러 형제들과 한 방을 쓰고 있는 처지였기에 독방을 쓰는 그애가 참 부러웠다.

그날 저녁, 밥상을 책상 삼아 친구와 마주앉았지만 한여름 밤의 더위는 견디기 힘들었다. 우리는 누가 먼저랄 것도 없이 앞마당으로 나갔다. 개구리 소리가 깜깜한 밤의 적막을 깨고 하늘을 향해 입을 벌리고 있는 우물 속에는 별들이 내려와 잠겨있었다. 친구와 나는 댓돌에 앉아 말없이 밤하늘을 쳐다보고 있었다. 그때, 항상 명랑하고 구김살 없던 그애가 먼저 얘기를 풀어놓았다.

아버지는 6·25 전쟁 때 전사하였고, 어머니는 어린 자신을 할머니에게 맡기고 재혼했다면서, 원호대상자로 연금을 받아 칠순의 할머니와 단 둘이 산다고 했다. 서울에서 살다가 초등학교 4학년 때 할머니의 고향인 이곳으로 내려왔다며 울먹였다. 나는 순간 무슨 말로 위로를 해야 할지 몰라 손을 꼭 잡아주었던 기억이 난다.

우정이 각별해진 우리는 중학교를 졸업하면서 멀어졌다. 나는 서울로 이사를 했고, 친구는 그곳 농고(農高)에 진학했다. 각자의 다른 환경에 젖어 지내느라 편지 한 통 주고받지 못한 채 3년이란 세월이 흘렀다.

고등학교를 졸업하고, 나는 취직을 하여 야간대학을 다니던 때였다. 퇴근할 무렵 뜻밖에도 그 친구한테서 전화가 왔다. 오랜만에 만난 그애와 나는 시간 가는 줄도 모르고 쌓였던 이야기를 나누었다. 친구는 남학생들에게 인기가 많았던 이야기부터 그 학교 영어선생님과 열애에 빠진 사연들을 재미있게 들려주었다. 선생님과 곧 결혼하게 될 거라며 희망에 부풀어 있었다. 그의 행복한 얼굴을 보며 나도 기뻤다. 그때, 우리 나이 스물한 살이었다.

한동안 소식이 끊겼다가 다시 들은 친구의 소식은 뜻밖에 비보(悲報)였다. 자살을 했다는 것이다. 더욱 답답한 것은 친구가 왜 그래야만 했는지 아무도 모른다는 거였다.

친구 생각에 우울하게 지내던 어느 날, 작달막한 키에 이웃 집 아저씨 같은 사내가 근무중인 나를 찾아왔다. 친구가 말하던 선생이었다. 그가 나를 찾아온 것은 자신의 입장을 내게 털어놓고 싶어


최복희 수필집

서였다.

다른 학생들보다 품행이 단정했던 친구는 자신을 예뻐해 주는 그 선생을 따랐다. 친구의 딱한 사정을 알게 된 선생은 그애에게 연민의 정을 쏟았고 그것이 연정으로 흘러갔다. 친구가 졸업한 후, 그 선생이 근무하고 있는 학교 교장 선생님이 그를 사윗감으로 마음에 두고, 서울에서 대학을 다니는 딸을 소개했다. 바로 그녀한테서 온 편지가 친구의 운명을 바꿔놓았다. 친구가 선생 집에 갔다가 그녀의 편지를 발견하고 충격을 받은 것이다.

죽기 전날, 친구는 선생을 자기 집에 초대해 식사를 대접하고 나서 결혼을 재촉하며 잠자리까지 펴놓았다. 그리고 그대로 가면 죽어버릴 거라고 했는데, 그는 친구의 말을 등뒤에 남겨 둔 채 나와버렸다고 했다.

이튿날, 그는 마당가 우물에서 싸늘하게 식은 그애를 손수 건져 올려 산에 고이 묻어주고, 직장도 버리고 서울로 올라와 머리를 식히는 중이라며 내게 용서를 빌었다.

죽은 자는 말이 없으니 진실을 알 수가 없는 노릇 아닌가. 그가 진정 내 친구를 사랑했다면 밤을 새워서라도 그녀를 진정시켰어야 되지 않았을까.

친구의 사건으로 내게도 변화가 왔다. 마음이란 수없이 변할 수가 있다는 것과 남녀의 사랑이란 상대가 바뀌면 언제든지 바뀔 수도 있고, 욕심 앞에서는 여지없이 무너질 수도 있다는 것을 깨닫게 되었다.

친구에게 단 한 사람만이라도 진정으로 사랑하며 감싸주는 이가 곁에 있었다면 그런 일은 없었을 것이다. 가장 믿고 의지했던 사람이 냉정하게 돌아섰을 때의 참담함과 외로움을 이기지 못했던 것이다.

그런 끔찍한 일이 닥칠지도 모르고 행복한 꿈에 젖어있던 친구의 모습이 내 머리 속에 잠식되어 있어 자살이란 말만 들어도 불현듯 그애가 떠오른다.

그 시절보다 삶이 풍요로워졌지만 자살하는 사람들이 늘고 있는 이유가 무엇일까. 자신의 절박함을 토로하고 위로 받을 만한 사람이 곁에 없다는 것이 아닌가.

예나 지금이나 대가 없는 사랑만이 그 영혼을 구하리라.

친구는 우물 속의 별이 되어 눈물을 글썽이며 늘 내 가슴속에 있다.

(2002.)

# 하늘나라에서 보내온 책

동해안여행을 마치고 돌아오니 편지함에 우편물이 가득했다. 반가움에 하나씩 꺼내서 발신인을 살펴보다가 '하늘나라에서 구귀남'이라고 적힌 책 한 권을 발견하고는 깜짝 놀랐다.

달포 전, 갑작스런 교통사고로 유명을 달리한 그녀, 여름에 제주도로 여행가게 되면 잘 알려지지 않은 비경(秘境)으로 안내하겠다고 하더니…. 나는 제주도로 가려던 계획을 바꿔 동해로 여행을 갈 수밖에 없었다. 그곳에서 그의 홈페이지 그림과 똑 같은 맑은 여름 하늘과 바다, 갈매기들을 바라보며 그녀 생각에 눈시울을 적시곤 했다. 진작 제주도를 찾아가지 못한 것이 후회되었다.

사고가 나기 전날 밤, 그녀는 내 홈페이지에 들러 '오래 머물다간다'는 글을 남겼다. 언제나 잠시 다녀간다고 했는데, 왜 그날은 오래 머물다간다고 했을까. 그녀에게 이미 사자(使者)의 그림자가 접근해 오고 있었던 것은 아니었을까. 하지만 그날 밤 전화를 걸어 『제주수필』 동인지가 나와서 보내 주겠다고까지 하지 않았는가.

겉봉에 '하늘나라에서 구귀남'이라고 적힌 걸 보니 아내의 문우 관계를 잘 알고 있던 그녀의 남편이 장례식을 치르고 나서 책을 보낸 모양이다. 슬픔을 추스르지도 못했을 텐데 아내를 대신해서 책을 보낸 그가 고맙다. 그녀도 이 사실을 안다면 잘했다고 할 것이다. 책 속에 있는 글을 읽다보니 가라앉았던 슬픔이 다시 고개를 들었다. 나도 이토록 슬픈데 30여 년간 같이 산 남편의 회갑연과 첫 손주의 돌잔치를 며칠 앞두고 불귀의 객이 되었으니 그의 가족은 얼마나 애통할까.

나는 그녀를 '마로니에 샘가'라는 인터넷 문학 사이트에서 처음 알게 되었다. 그와 쉽게 가까워지게 된 것은 나이와 가족상황이 비슷했기 때문이지만 성격만은 나와 달라 매사에 적극적이며 여러 사람을 아우르는 푸근함을 지녔다. 그녀의 홈페이지 게시판에는 언제나 많은 방문객이 이야기 마당을 펼쳤다. 나도 컴퓨터 앞에 앉기만 하면 습관처럼 그의 홈을 기웃거렸다. 나는 눈도장만 찍고 돌아설 때가 많지만 그는 빈집처럼 조용한 내 홈에 자주 들러 철따라 변하는 제주의 아름다운 풍광을 글로 전했고, 늦은 나이에 시작한 글쓰기가 어려워 침체의 늪에 빠져있는 나에게 빨리 신작을 보여 달라고 부추겼다.

그러다 보니 정이 깊어져서 내면의 이야기도 이메일과 전화로

주고받게 되었고, 서울에 오면 나를 만나고 가곤 했다. 그녀와 각별한 인연을 맺고 있는 임은수님 집에서 처음 만나던 날, 우리는 헤어졌던 혈육을 만난 듯 얼싸안았고, 점심을 함께 먹으며 망구(望九)가 될 때까지 인터넷을 통해 정을 나누자고 했는데 그 약속은 이제 물거품이 되고 말았다.

그는 자신의 짧은 생을 감지했던 것일까. 밤잠도 줄여가며 늘 바쁘게 살았다. 풍부한 감성으로 끊임없이 글을 써 중앙 문예지, 동인지, 지역신문 등에 연달아 신작을 발표하면서 문학의 불꽃을 피웠다. 그의 작품세계는 올곧고 투명하고 진실한 삶 그 자체이다. 무한한 발전 가능성이 꿈틀대고 있던 작가였기에 황망히 떠난 그가 더욱 안타깝다.

자신이 좋아하는 일에 열중하다가 가는 사람은 행복한 사람이라고들 한다. 그녀는 글감을 얻기 위해 친구와 우도(牛島) 여행을 다녀오다가 불꽃같은 인생을 접었다. 어느 작가가 펴낸 묘지기행 수필집을 읽어보면 독자들의 가슴속에 영원히 살아 있는 세계적인 유명작가들의 대부분이 생전에 고통과 가난, 이념, 질병 등에 시달리면서도 끊임없이 분투하며 아름답게 살았음을 알 수 있다. 그녀도 인생의 열매가 무르익어 가는 쉰셋 나이에 생을 마감했지만 그녀의 치열했던 삶을 문학으로 꽃피우며 아름답게 살다가 행복하게 갔다는 생각이 든다.

그녀가 마지막 남기고 간 「그 꽃길을 그리며」라는 글이 참으로 절묘하다. "눈물나도록 힘겨워 넘어져도 그때마다 다시 일어나 소망의 불을 끄지 않으련다. 조급하게 서두르지 않고 내 힘에 맞게 천천히 가다보면 언젠가는 햇살 가득한 그 꽃길 위에 다다를 수 있겠거니 생각하며 말이다."

그는 이미 천상의 꽃길을 예견한 것인가. 새로운 글감을 찾아 나선 길에서 하늘로 갔다. 그의 열정은 그곳에서도 쉼 없이 이어가리라. 가끔은 가슴 따뜻했던 우리의 우정도 떠올리면서.

그의 실체는 내 눈에 보이지 않지만 고운 미소와 총명이 번득이던 눈빛, 다정한 음성 그리고 그가 남긴 글을 간직하고 있는 나는 언제까지나 그의 존재를 느끼며 살아갈 것이다. 슬픔에 젖어 읽던 책을 가슴에 안고 먼 하늘을 바라본다.

(2004.)

# 나의 수필 작법

## ―농촌의 삶을 문학으로 가꾸며

　수필가란 이름표를 달고 글을 써온 지 어언 10여 년이 되었다. 하지만 아직도 습작기의 테두리를 벗어나지 못하고 다시는 글을 쓰지 못할 것처럼 막연함에 부딪칠 때가 있다. 단념하지 못하고 글쓰기에 매달리는 것은 수필을 나의 영원한 길동무로 삼고 싶기 때문이다.

　결혼 전까지만 해도 문학은 내가 범접할 수 없는 특별한 영역으로만 여겼다. 내가 글을 쓰며 문학에 관심을 갖게 된 것은 전적으로 결혼하여 농촌에 뿌리를 내리고 살기 때문이다. 젊은이들이 농촌을 기피하는 가운데 불모지였던 낙농에 꿈을 건 남편을 따라 목가적인 풍경을 떠올리며 감상적으로 농촌생활을 시작했으나 그 삶은 내가 감당하기 어려웠다. 그 때부터 일상에서 벗어날 수 없는 현실을 친한 친구에게 하소연하듯 일기를 썼고, 슬픔과 고통을 글로 풀어내다보면 어느새 마음의 상처가 아물고 새 살이 돋아났다.

수필은 아무런 형식도 없이 보고 느낀 것을 붓 가는 대로 쓰는 것이라고 알고 있던 나는 가끔 일기의 한 부분을 골라서 농민신문, 잡지 등에 투고하여 독자란에 발표를 했다. 그러다가 늦은 나이에 이르러 수필공부를 하게 되면서부터는 함부로 글을 써내지 못하고 있다.

수필은 진실을 바탕으로 작가의 인생관, 자연관, 가치관, 취미, 체험 등에 자기의 느낌과 생각을 붙여 문예적으로 가식 없이 쓴 교술문학(敎述文學)이며 엄연히 형식이 있다는 것을 알았기 때문이다.

어떤 문우는 글짓기를 집짓기에 비유한다. 주춧돌로 시작해서 마지막 기와 한 장까지 심혈을 기울여야 튼튼한 집이 완성되는 것처럼 글도 주제와 소재는 물론 단어 하나도 적당한 자리에 놓아야 쉽게 무너지지 않는 글집이 된다고 했다. 멋모르고 발표했던 내 글들은 부실한 재료들로 두서없이 엮어져 가랑비에도 비가 새고 미풍에도 흔들리는 날림이었다.

수필의 깊이를 알아갈수록 글쓰기는 어렵기만 하다. "좋은 글이란 독자가 쉽게 이해하고 공감하며 감명을 받아 행동으로 옮길 수 있는 메시지가 담겨 있어야 한다"는 강사님의 말씀이 이해는 가지만 글에 적용하기란 쉽지가 않다.

글을 쓰는 사람의 문장 수련은 송나라의 구양수(歐陽修)가 말한 삼다의 길에 있다고 생각되어, 많이 읽고多讀, 많이 지어보고多作,


최복희 수필집

많이 생각해 보는(多想量) 것을 염두에 두고 노력할 뿐이다. 그리하여 농촌의 삶을 문학으로 승화시키고자 하는 것이다.

농촌의 삶 자체가 문학이라고 하는 사람도 있다. 가축들이 살아가는 모습과 겨우내 꽁꽁 얼어붙었던 땅에서 잔잔하게 봄을 연 풀꽃들을 보며 감동을 받고 풀과 나무 뜰에 찾아드는 새들과 곤충들 풀잎에 맺히는 이슬방울까지 함께 어우러지는 자연 속에서 나도 자연의 일부임을 깨달으며 문학의 정서를 키우고 있다. 그 속에서 인생을 찾고 정을 느끼며 독자들에게 공감을 구하는 글을 쓰는데 주력을 하고 있다. 그러다 보니 내 글은 자칫하면 신변잡기에 머물 수가 있다. 어느 평론가의 말에 의하면 신변잡기에서 벗어나려면 특별한 경험을 겪지 않고는 탁월한 글이 되기 힘들다고 했다.

나의 수필 쓰기는 일상을 살아가다가 특별한 체험이나 느낌을 받는 일이 생기면 지체 없이 주제를 떠올리며 제목을 설정한다. 주제에 적합한 소재를 구하고, 오랜 동안 구상을 하여 새벽 시간을 이용해 글을 엮어 놓는다. 그 시간은 하루의 피로를 풀고 나서 나만의 시간 속으로 빠져들기가 쉽기 때문이다. 얼추 글을 작성한 후에는 수없이 퇴고를 한다. 1차적으로 남편에게 읽게 해 좋은 반응을 보이면 다시 가까이 지내는 문우나 문단의 대 선배님께 보여서 조언을 구하고 최종적으로 첨삭하여 수필 한 편을 완성하게 된다. 그렇게 했다고 해서 반드시 수작(秀作)이 되는 것은 아니다. 다만 독자가 쉽게 이해할 수 있고, 문맥이나 문법에 어긋나지 않으며 메시지가 들어있는가를 재차 확인하려는 것이다. 시불(詩佛)이라고 일컫는 백거이(白居易)도 누구나 이해하기 쉬운 글을 쓰기 위하여 자신의 글을 밭 가는 농부에게 읽혔다고 하지 않는가.

수필은 또 해박한 지식과 심오한 사상, 풍부한 상상력, 뚜렷한 개성, 뛰어난 해학 등을 필요로 한다. 그러한 재질을 두루 갖추지 못하고 학구적이지도 못한 나로서는 현학적인 중수필을 쓰기엔 역부족이다. 몽테뉴는 그의 「수상록」에서 "나 자신이 바로 내 책자의 자료이다"고 했다. 내 주변에서 참신한 글감을 찾아내 나와 관련된 이야기들을 경수필로 표현하고자 한다.

지적이지도 못하고 문장 수사에 대하여 힘이 미치지 못해 건조한 글이지만 그 속에서 독자들이 온정을 느낄 수 있도록 애쓰고 있다.

나 자신을 정화시키며 희로애락을 쉼 없이 풀어놓다보면 언젠가는 독자들이 재미있게 읽고, 심금을 울릴 수 있는 글도 쓰게 되지 않겠는가.

(2006.)

# | 제6부 | 다시 찾은 꿈

# 펀치볼(Punch Bowl)에 핀 두견화

지난 2월 말경, 강원도 양구에 있는 해안펀치볼에 다녀왔다. 무심코 지도를 펴보다가 생소한 지명에 호기심이 나서 떠난 여행이다.

초행길이라 이정표를 눈여겨보며 찾아가다가 돌산령 정상에 이르렀는데 눈발이 날리며 꽃샘추위가 기승을 부렸다. 하늘엔 흑백 물감으로 추상화를 그려 놓은 듯한 구름장이 무겁게 드리워 있고, 아래엔 거대한 분화구같이 움푹 파인 지형에 눈이 덮여 있었다. 설경을 보는 순간 그곳이 해안펀치볼이라는 것도 모르고 신천지를 발견한 것처럼 감탄을 했다. 산등성이가 마치 웅혼한 기백을 지닌 백마들이 꼬리를 물고 빙 둘러 서 있는 듯했다. 그 신비롭고 황홀했던 첫인상은 다녀와서도 문득문득 환상으로 떠올랐다.

완연한 봄이 되자, 그곳의 봄 풍경이 보고 싶어 그쪽으로 다시

차를 몰았다. 봄바람을 가르며 경춘가도를 지나 양구로 향하는 길은 드라이브하기에 최상이었고, 만발한 봄꽃들과 신록으로 조화를 이룬 풍경은 수채화 같았다. 하지만 양구땅 높은 곳엔 아직 회색빛이 완연하고 산자락 양지의 꽃들만이 새색시처럼 수줍게 벙글대고 있었다. 돌산령 정상에 도착해서 차를 세우고 내려다보았다. 먼저 왔을 때처럼 신비감은 덜했지만 봄볕이 내려앉은 해안펀치볼은 아늑하고 평화로웠다.

그곳은 옛날에 뱀이 많았는데 지나가던 스님이 돼지를 길러보라고 하여 길렀더니 돼지가 뱀을 다 잡아먹었고, 그 후로 사람들이 편안하게 살 수 있게 되었다고 해서 해안(亥安)이라는 지명이 붙여졌다고 한다.

또 펀치볼이라는 명칭은 6·25전쟁 때 유엔군 병사들이 해발 500여 미터에 자리한 지형이 사발(bowl)모양처럼 움푹 파인 것을 보고 붙여준 별명이란다. 그 당시 최대 격전지였으며 제4 땅굴과 을지전망대, 전쟁기념관, 북한관이 있어 사람들의 발길이 잦은 관광명소였다는 것을 그때서야 알았다.

도착하자마자 지난번 갔을 때 들르지 못했던 전쟁기념관으로 갔다. 4각 기둥 같은 탑 아홉 개가 기념관을 지키는 장승처럼 서 있는데, 전쟁 당시 양구지역이 치열했던 격전지임을 상징하는 탑이라고 한다. 탑에는 총알 자국을 나타내는 동그란 홈이 군데군데 나 있어 전쟁의 참혹함을 실감나게 했고, 기념관 전시물을 관람하고 뒷문으로 나오다가 오른쪽 벽에 '한국전쟁은 아직도 끝나지 않았다'는 문구가 눈에 띄어 가슴을 서늘하게 했다.

6·25전쟁이 발발한 지 반세기가 지났건만 아직도 우리나라는 허리에 철책이 쳐져 있고 남북이 대치하고 있지 않는가. 전쟁에서 산화한 젊은 병사들의 이름이 새겨진 벽 앞에서 나도 모르게 고개가 숙여졌다.

거기서 발길을 옮겨 해발 1,049m의 DMZ 철책 위에 세워진 을지전망대에 올라가 다시 한번 남북의 대치상황을 실감했다.

내려다보니 완만하게 경사진 산중턱까지 일구어 놓은 밭에서 농부들이 트랙터로 밭갈이를 하고 있었다. 평지처럼 보이는 야산 위에 '평화'라고 새겨진 선명한 글자가 펀치볼의 아늑한 봄 풍경을 대변하는 듯했다. 반면에 철책 너머 북쪽은 험산으로 이어진 비무장지대로 살벌한 가운데 연기가 안개처럼 온 산을 뒤덮어가고 있었다. 안내자의 말에 의하면 북한 당국은 철책선을 지키는 병사들에게 식량 공급을 못해 병사들이 화전을 일궈 먹을 것을 해결한다고 했다. 그날도 북한 병사들이 밭을 일구기 위해 불을 놓은 것이 산불로 번진 것 같다는 거였다. 봄볕은 따사롭지만 바람이 세차게 불며 괴기스런 소리를 내, 그곳에서 산화한 넋들의 울부짖음처럼 들렸다. 하루속히 철책을 걷어내고 남북이 자유롭게 왕래할 수 있기를 기원하며 제4 땅굴로 내려왔다

그 땅굴은 다른 땅굴에 비해 들어가는 입구도 넓고, 내부에는 투

명 유리로 덮인 17인승 전동차가 운행되고 있어 편안하게 관람할 수 있었다. 북한의 지도자는 땅굴 한 개가 핵폭탄 한 개와 맞먹는 위력을 지니고 있다며 땅굴 파기를 명령했다고 한다. 하루속히 전쟁의 불안에서 벗어나 땅굴이 남북으로 이어지는 평화의 길이 되기를 염원해본다.

집으로 돌아올 때는 돌산령을 넘지 않고, 험산 사이로 물이 흐르듯 굽이굽이 이어진 길을 따라 나오다가 개울가 돌밭에 차를 세우고 앉았다. 바람 한점 없는 돌밭엔 봄볕이 뒹굴고 있고 개울물은 숨죽이고 흐르는데, 산새들이 적막을 깨트렸다. 맑은 물에 손을 씻고 보니 개울 건너 그늘진 산자락에 진달래가 한 무더기 붉게 피어 있었다. 진달래는 봄의 시작을 말해 주는 꽃으로 우리나라 어디를 가나 흔히 볼 수 있는 꽃이지만 그곳에 핀 진달래는 다른 곳에 핀 꽃과 의미가 다를 것만 같다.

진달래꽃은 두견화라고도 한다. 두견화란 두견새가 피를 토하며 울어 피에 물들어 핀 꽃이라는 전설에서 유래된 말이다. 그런 생각을 하노라니 전쟁기념관에 새겨진 장승진의 시 「양구땅에 피는 꽃」한 구절이 떠올랐다.

피보다 더 붉은 꽃을 보거든/ 영혼이 피었다 생각하게나/ 바쁜 걸음 멈추고 잠시/ 고개 숙여 경의를 표하게나


최복희 수필집

그 자리에서 나오다가 뒤돌아보니 해는 서산에 기울고 반겨주는
이 없는 한적한 곳에서 외로이 피어있는 두견화가 짙게 드리운 산
그늘 속에서 붉은 빛이 스러지고 있었다.

(2004.)

# 여행길에서 얻은 값진 경험

깊은 겨울인데도 완연한 봄 날씨다. 고요한 뒤뜰에 따뜻한 햇볕이 내려앉아 금방이라도 새싹이 움틀 것만 같다. 개나리 울타리에서 재잘대던 참새들이 두세 마리씩 짝을 지어 날아간다.

나도 어디론지 훌쩍 떠나고 싶었는데 약수를 받아 가지고 들어온 남편이 이마에 땀을 닦으며, 날씨도 좋은 주말이니 여행이나 다녀오자고 한다. 우리는 쉽게 의견일치를 보았다.

얼결에 결정한 여행이라 세면도구만 달랑 들고 집을 나섰다.

며칠 전, 강원도에는 폭설이 내려 설악산 설경이 장관이라는 뉴스를 들은지라 그 쪽으로 방향을 잡고 신나게 달렸다. 히터를 틀지 않았는데도 차창에 비치는 햇살의 온기는 내 얼굴을 후끈 달아오르게 했다. 하지만 강원도 땅으로 들어 갈수록 눈이 그대로 쌓여 있어 봄 날씨 속의 설경은 신비로웠다.

눈비가 내리면 길이 미끄럽다고 운전을 하지 않는 남편의 조심성 때문에 설경을 보기 위한 여행은 생각지도 못했었는데 이게 무슨 횡재인가. 우리를 위한 축제가 기다리고 있을 것만 같았다.

미시령으로 오르는 길은 눈이 다 녹았는데 산에는 그대로 쌓여 있었다. 정상의 휴게소에 도착하니 어느새 짧은 해가 꼬리를 감추고 회색 장막이 서서히 내려지는 가운데 흰 보자기를 두르고 허공에 떠있는 듯한 울산바위가 신기루 같았다. 그 아래 속초시에는 초저녁별처럼 전등불이 하나 둘 켜졌다.

서둘러 내려가 숙소를 정해놓고, 대낮같이 불을 밝힌 대포항으로 갔다. 어린이와 함께 온 가족들이 많았다. 아마 방학중이라서 그런가 보다. 그곳에서 저녁식사를 하고 바닷가로 나갔다. 겨울 밤바다를 보는 것은 처음이다. 칠흑같은 바다는 잠들어 있고 하늘에는 조각달이 외로이 떠 있어 한 편의 시였다. 모래톱에 밀려오는 파도소리가 돌아서는 발걸음을 붙잡지만 내일을 위해 쉬기로 했다.

다음날 아침, 설악산 설경을 보러갔다. 이른 시각인데도 매표소 앞에는 관광객이 장사진을 이루고 있었다. 그들도 나처럼 봄기운에 훌쩍 떠나온 여행이었을까. 케이블카를 타고 권금성에 오르니 설악의 설경이 일시에 몰려와 현기증이 났다. 윤고산의 노래에 "천첩옥산(千疊玉山)이 선계(仙界)인가 불계(佛界)인가 인간이 아니로다"고 한 그대로다.

늘 동경했던 겨울 설악을 가슴 깊이 새기고 콧노래를 부르며 일찌감치 귀경길에 올랐다.

한계령 입구에 들어서자 갑자기 구름장이 점점 내려앉더니 간간이 눈발이 날렸다. 정상에 있는 휴게소에 도착했을 때는 1미터 앞이 안 보일 정도로 눈보라가 쳤다. 더럭 겁이 났다. 휴게소에서 잠시 정차했다가 긴장된 마음으로 100여 미터를 내려갔다. 거기까지는 무사했는데 내리막 커브길을 돌다가 그만 미끄러지면서 길옆에서 체인을 팔고 있던 지프차를 들이받았다. 찰나였다. 급히 밖으로 나오려고 했으나 문이 열리질 않았다. 반대편 문으로 겨우 빠져나와 보니 상대방 차는 그런 대로 괜찮아 보였는데, 우리 차는 엔진이 훤히 보일 정도로 앞부분이 일그러졌다. 자동차를 산 지 10여 년 만에 처음 겪는 교통사고다. 인명 피해가 없어 다행한 일이었지만 우리는 어찌할 바를 몰라 넋을 잃고 멍하니 서 있기만 했다. 계속 내리는 눈 속에 주위는 점점 어두워지고 그 막막함은 벼랑 끝에 서있는 심정이었다.

바로 그때, 어떻게 알고 왔는지 견인차가 나타났다. 구세주를 만난 듯 반가웠다. 운전기사는 넋이 나간 우리를 안심시키며 너덜거리는 차를 뒤에 매단 채 정비소로 내려왔다. 그리고 그는 보험회사에 연락도 해주고, 우리를 버스 터미널까지 데려다주었다.

한계령 꼭대기에서는 눈이 내리는데 아래에선 비가 내렸다. 변화무쌍한 강원도 겨울 날씨를 그제야 실감할 수 있었다. 패잔병처럼 초라하게 대합실 의자에 앉아 버스를 기다리며 지난 시간들을 되짚어보았다.

때 아닌 봄볕에 마음이 들떠 세심한 준비 없이 떠난 게 잘못이었다. 그동안 우리는 안일하게만 살았던 것 같다. 사고를 예방하겠다는 일념으로 길이 미끄러우면 아예 운전대를 잡지 않았던 남편이 오히려 경험이 없어 사고를 냈는지도 모른다. 평생 사고 한번 안 낼 것처럼 자동차보험 카드의 약관이나 연락처도 눈여겨보지 않았고, 자동차 체인도 없다. 사고를 내고 난 이제야 잘못된 점을 하나하나 고쳐 세워보았다. 사후 약방문인 셈이다.

버스에 오르자 또 문제가 생겼다. 그 날, 그 지방에서 빙어축제 행사가 열려 참가했던 차량들이 한꺼번에 몰리는 바람에 교통체증이 심각하다는 것이다. 운전기사는 우회도로를 이용하겠다고 하며 양구 쪽으로 차를 몰았다. 그 길에서 또 십 년 감수를 해야 했다. 꼬불꼬불한 비탈길에 진눈깨비가 내렸다. 운전기사는 혼잣말로 '이거 장난이 아닌데'를 연발하더니 승객들에게 안전벨트를 단단히 매라고 방송을 했다. 운전자 뒷좌석에 앉아 있던 나는 더욱 가슴이 조였다. 옆에 있는 남편과 아무 말도 할 수가 없었다. 그러면서 얼마 전 미국에서 일어난 비행기 테러 사건으로 희생된 승객들이 떠올랐다. 그들은 눈앞에 보이는 죽음의 공포 속에서 치를 떨었을 게 아닌가. 어느 작가가 여행을 떠날 때는 만약을 위해 뒷정리를 해놓는다는 말이 이해가 되었다. 죽음은 언제나 예고되어 있지만 느끼지 못하고 살아가는 것이 인생 아니던가. 몸을 의자에 기대지도 못한 채 가슴을 쓸어안고 앞길만 뚫어져라 내다보기를 수 시간, 그 긴장은 양평에 와서야 풀렸다. 거기서부터 시원스럽게 달려 서울에 도착하니 시간은 자정이 다 되어 가고, 몸은 천근만근이었다. 종일 굶다시피 했건만 배고픈 것도 잊었다.

마을길로 들어서니 떠날 때는 봄기운이 감돌던 마을에 하루 사이엔 눈이 덮여 있었다. 한겨울 속에 찾아온 봄볕 따라 무심코 나선 여행길에서 무사안일로만 살아온 삶에 채찍이 가해진 게 아닌가. 인생의 값진 경험이었다. 가끔은 이런 충격도 필요하다고 생각하면서 고소(苦笑)를 머금었다. 하얀 홑이불을 깔아 놓은 듯한 안마당을 들어서며 하늘을 보니 어느새 날씨가 개어 구름 사이로 조각달이 얼굴을 내밀었다.

(2003.)

# 동구릉

추석이 지나고 모처럼 한유한 시간이다. 비 내리는 창 밖을 내다보고 있으려니 문득 뒷동산 너머 동구릉에 가고 싶었다. 동구릉은 조선 태조 이성계를 비롯해 일곱 왕과 열 명의 왕비가 잠들어 있는 사적 제193호이다. 울창한 숲 사이로 맑은 물이 흐르고, 경관이 빼어나 관광지로도 이름나 있어 문화행사가 열리기도 한다. 능 아홉 기를 돌아보려면 많은 시간이 소요된다. 나는 서너 번 그곳을 들렀지만 매번 다 돌아보지 못하여 늘 아쉬움이 남아 있었다.

오늘은 모두 돌아보고 오리라 마음먹고 집을 나섰다. 도착하니 주차장이 텅 비어있다. 울창한 숲 터널로 들어갈수록 위압감이 느껴졌으나 시원스럽게 흐르는 물소리가 곧 내 마음을 편안하게 풀어놓았다.

매표소에서 숲길로 5분 정도 들어가면 문조와 신정황후가 묻힌

수릉 앞에 홍살문을 만난다. 포근한 능원 잔디밭을 한 바퀴 휘돌아 보고 나와 건원릉으로 발길을 돌렸다. 그 길은 황토로 되어 있다. 콘크리트 포장에 비해 감촉이 부드럽고 신발이 바닥에 밀착되는 기분이다. 왠지 문화 유적과 황톳길이 친근감이 든다.

　건원릉은 태조 이성계의 능으로 가장 아름다운 능이다. 그 앞에 서니 엄숙해진다. 홍살문 앞에서 넓은 잔디밭 한가운데를 가르는 박석(薄石)길을 따라 들어가면 길이 끝나는 곳에 정자각이 있고, 오른쪽에는 비각이 있으며 정자각 뒤로 민둥산 같은 언덕 위에 봉분이 있다. 그 봉분을 멀리서 보면 잡풀이 우거진 것처럼 보인다. 잔디 대신 갈대로 입혀졌기 때문이다. 봉분을 갈대로 입히게 된 것은 태조 이성계가 젊은 시절 장수로 있을 때, 갈대밭에서의 전투는 항상 승리로 이끌었기 때문이라고 한다. 태조가 생전에 고향인 함경도 영흥 땅의 갈대를 동경하여 자신이 죽은 뒤에 그곳의 갈대로 봉분을 덮어달라고 유언을 남겼다. 효성스런 태종이 부친의 유언대로 이행한 것이다. 그런 역사의 사실을 떠올리며 능원 뜰을 돌아보는데, 그 옛날 말발굽소리가 들리는 듯했다. 그곳에 갈 때마다 갈대로 덮인 봉분을 가까이 보고 싶었지만 문이 닫혀져 있어 아쉬웠었다. 마침 그날은 문이 열려 있어 올라갔다. 봉분 앞에 서서 내려다보니 시야가 확 트여 있고, 울창한 숲에 둘러싸여 아늑했다. 왕이 묻힌 장소이니 당대의 내로라하는 풍수학자들이 능지를 잡았을 게 아닌가. 명나라 사신도 그곳을 보고 '하늘이 만든 땅덩이'라고 극찬했


최복희 수필집

단다. 그러기에 태조 이성계도 능지를 정해 놓고 환궁하다가 망우리고개를 넘으면서 모든 시름을 잊었는지도 모른다. 봉분 위에는 갓 피어난 억새꽃이 비바람에 너울대고 있어 태조의 넋이 배어 있는 것 같았다. 나는 우산을 접고 묵념을 올렸다. 봉분 둘레엔 12지를 나타내는 동물들의 형상을 조각한 석물로 둘러쳐져 있고 앞에는 거대한 혼유석(魂遊石)이 있다. 일반적으로 상석이라 하지만 혼이 노는 돌이다. 제상은 정자각에 차려지기 때문에 임금의 혼이 혼유석에서 놀며 내려다본다는 것이다. 혼유석을 보면서 장비가 없었던 당시에 이 높은 곳까지 운반한 옛 조상들의 지혜가 놀랍기만 했다. 능을 수호하는 호석, 문인상과 무인상, 망주석 등 봉분 주위의 엄숙하게 서 있는 조각상에서 600여 년 전의 석수장이들의 섬세한 솜씨를 감상할 수 있었다. 그것들을 어루만지면서 귀한 유적들을 가까이 접할 수 있어 가슴 뿌듯했다.

나머지 능도 돌아보았으나 구조나 크기가 비슷했다.

자연스럽게 휘어진 숲길을 걷는데 아름드리 노송이 이리저리 비스듬히 기울어져 있어 세월의 무게가 실려 있는 듯했다. 심하게 기우러진 소나무에는 받침목이 괴어 있다. 거목 주위에는 잡목과 잡초가 무성하고 들꽃들이 무리를 지어 피어 있다. 나뭇가지에선 새들이 지저귀고 풀벌레들도 목청을 돋우었다.

숲은 그 자리에서 서로 조화를 이루며 우리의 긴 역사를 그대로 품고 있었다. 조선왕조 500년 역사의 시작이자 뿌리인 동구릉, 우리나라에 이만큼 아름답고 넓은 능이 있다는 게 자랑스럽다.

　동구릉이 세계만방에 알려지기를 기원하며 비바람에 수런대는 숲을 뒤로하고 발길을 돌렸다.

(2004.)


최복희 수필집

# 예봉산(禮峯山)

아차산 정상에 올라 남양주 쪽을 바라봅니다. 저 멀리 맞은편에서 내 마음을 사로잡는 예봉산 당신이 다가옵니다. 아차산 숲길을 걷다가 시야가 탁 트인 곳에 앉아 바라보는 당신은 장엄한 체구에 풍만한 가슴, 긴 머리를 풀고 잠자는 듯 누워 있는 평화의 화신입니다. 때로는 인자하고 넉넉한 어머니를 연상케도 합니다.

일주일에 서너 번씩 아차산에 올라 예봉산 당신을 바라봅니다. 그때마다 큰바위얼굴이 떠오릅니다. 그 얼굴은 자연이 장엄하게 만든 작품으로 생김생김이 웅장하면서도 표정은 다정스러워 마치 온 인류를 포용하고도 남을 것만 같기 때문입니다.

수년 동안 먼발치에서 당신을 그리다가 초록 물결이 일렁이던 5월에 당신을 찾았지요. 친구와 동막 쪽으로 난 등산로 입구에서 예봉산을 안내하는 팻말을 발견하고 반가웠습니다. 높이가 해발 683

미터이고, 옛날에 두미장군이 배례를 하였다 하여 예봉산으로 불리
게 되었다는 것을 그때 알았습니다.

오솔길로 들어서는데 청초한 보라색 각시붓꽃 한 송이가 길섶에
서 활짝 웃으며 맞아주었습니다. 당신 품으로 깊숙이 안길수록 향
긋한 풀 냄새와 피톤치드가 온몸에 스며들었습니다. 당신의 체취였
습니다.

가쁜 숨을 몰아쉬며 깔딱고개를 올라서니 철문봉이라고 안내판
이 서 있더군요. 그곳은 다산의 형제들이 능내리의 여유당에서 집
뒤 능선을 따라 쉬엄쉬엄 올라가 학문의 도를 밝혔다고 하여 붙여
진 이름이라네요. 그곳에 오르면 백운대가 보이고 남장대가 시야에
들어온다고 했지만 미운 건 안개였습니다.

쉴 사이 없이 가파른 길로 나무뿌리와 바윗돌, 나뭇가지를 지팡
이 삼아 정상에 올랐습니다. 그러자 당신은 시원한 산바람에 솔 향
을 싣고 와 우리에게 골고루 나누어주었습니다.

거기에서 건너다 본 아차산은 작은 구릉이었습니다. 건강이 시원
치 않은 나는 우선 그렇게 낮은 곳에서 오랫동안 체력을 단련하였
기에 당신의 가장 높은 곳까지 거뜬히 올라설 수 있었던 것이 아닐
까요. 주위를 둘러보니 정상의 소나무들은 한 뿌리에서 여러 갈래
로 뻗어 나온 줄기가 꿈틀대고 있었습니다.

하산할 때는 노송이 드문드문 있는 평탄한 길을 택했습니다. 봄
에는 장관을 이룬다는 철쭉 터널을 지나 노송들의 기이한 모습을

감상하며 당신 품에서 벗어났습니다.

나는 기력이 있는 한 아차산 산행을 계속하려고 합니다. 맑은 공기를 마시며 꾸준히 산행을 하면 잃었던 건강도 되찾고 당신을 자주 만날 수 있는 기쁨 때문입니다.

욕심 없이 성실하게 살아가면서 큰바위얼굴을 매일 바라보던 어네스트는 드디어 고아한 순수성을 지니게 되었다고 합니다. 자연은 인간의 위대한 스승이라고도 하지 않습니까. 나 또한 그와 같이 살도록 노력하면서 인자하고 넉넉한 당신의 얼굴을 자주 바라보노라면 언젠가는 당신의 얼굴을 닮아가지 않을까요.

(2005.)

# 다시 찾은 꿈

문우들과 신록 속에 묻혀있는 여주지역 관광지를 돌아보고 왔다. 그곳은 중학교 때 추억이 깃든 곳이어서 여행을 하는 동안 감회에 젖어 꿈을 꾸는 듯했다.

마지막 코스인 영릉에서의 감회는 전율로 다가온다. 정문에 들어서니 전에 없던 세종전이 고즈넉이 자리 잡고 있고, 그 앞에 세종대왕의 업적인 측우기·혼천의 등 모형 과학기구들이 한눈에 볼 수 있게 전시되어 있었다. 그분의 얼이 담긴 기구들을 하나하나 살펴보고 홍살문으로 들어섰을 때, 드넓은 잔디밭에 앉아 글짓기를 하던 중학교 시절이 아른거렸다.

해마다 한글날이면 기념행사로 그곳에서 백일장이 열렸다. 나는 2학년 때 학년 대표로 참석했고 일간신문에 선배와 마주앉아 글을 쓰는 모습이 실리기도 했다. 그 자리를 찾아가 앉아보았다. 자리는


최복희 수필집

의구(依舊)한데 내 모습은 너무 많이 변해 있어 세월의 무상함이 뼈저리게 느껴졌다.

책 한 권 구하기 힘들었던 시절, 일기를 쓰고 국어책에 나오는 작품을 읽고 외우는 것이 내가 접하는 문학의 전부였지만 나는 막연한 시인의 꿈을 품고 있었다. 그런 내가 백일장에 참석해서 글을 잘 써야겠다는 일념보다는 주최측에서 나눠주는 빵 한 개에 관심을 두었던 것으로 기억된다. 그날 아침에 꽁보리밥 한 술, 물에 말아 김치 한가지로 요기를 하고 논밭을 지나 산 속 오솔길로 한나절을 걸어서 참석했으니, 글보다 빵에 관심을 두었던 것은 무리가 아니었다.

백일장 시제가 무엇이었는지 기억은 없다. 입상도 하지 못했다. 글에 관심을 두지 않았지만 실망한 나머지 문학의 꿈을 접기로 마음먹었다. 그 시절 우리의 삶의 목표가 굶주림에서 벗어나는 거였고 희망이었지 않은가.

자리에서 일어나 세종대왕의 봉분으로 발길을 옮겼다. 봉분 가까이 올라가 내려다보니 오월의 햇살 아래 눈부신 숲으로 둘러싸인 능원이 범인인 내가 봐도 명당이었다. 역대 군왕 가운데 가장 찬란한 업적을 남긴 세종대왕의 혼이 마땅히 누려야할 자리이지 싶다. 조선왕조의 능제를 가장 잘 나타낸 능이라고도 한다.

추억이 어린 여행지에선 자신을 돌아보게 된다. 능원을 휘돌아보고 나오며 내 삶의 궤적을 짚어보았다.

서울에서 살던 우리 가족은 6 · 25 전쟁이 일어나자 외가가 있는 여주군 대신면 옥천리로 피난을 갔고 거기서 10년을 눌러 살았다. 그랬는데도 희망의 여지가 터럭만큼도 보이지 않아 내가 중학교를 졸업하자 장밋빛 꿈을 안고 가족 모두 상경했다. 하지만 전쟁 전에 살던 우리의 생활 터전은 흔적조차 없고 생존경쟁이란 격랑 속에 시련만이 놓여있을 뿐이었다. 그래도 좌절하지 않고 서울에 첫발을 내딛는 발걸음은 두렵지 않았다. 다랑논 한 평 없어 끼니를 거르던 피난지에서의 경험은 우리 가족이 격랑을 헤쳐나갈 수 있는 용기 와 자신감의 밑바탕이 되어주었기 때문이다. 나는 주경야독을 하여 어엿한 직장도 얻었다. 그러는 동안 생활형편은 좀 나아졌지만 성 에 차지 않았고, 내 앞엔 더 큰 행복의 꿈이 마련돼 있을 것만 같았 다. 그래서 결혼하여 낙농일에 성실히 매달리다보니 희망했던 살림 은 풍족해졌지만 메말라진 정서로 또 다른 허기가 몸살을 앓게 했 다. 그 허기를 달래기 위한 대안으로 문학에 관심을 두었고, 내 아 이들을 모두 대학에 보내놓고 나도 K대학교 사회교육원 문예창작 반에 등록하여 수년간 문학수업을 받으면서 문단에 입문했다. 그러 다보니 사춘기 때 접어야 했던 문학의 꿈을 늦은 나이에 이루게 된 것이다.

책의 홍수 속에서 읽고 싶은 책을 맘대로 골라 읽으며 창작 활동 을 하고 있는 것도, 훌륭하신 선생님도 만나고 문우들과 여행을 즐 기게 된 것도 꿈을 버리지 않았기 때문이다.

꿈을 꾸는 자만이 그 꿈을 이룰 수 있고 꿈이 있는 곳에 사랑도, 희망도 있다는 것을 이번 문학여행을 하면서 깨닫게 되었다. 내가 어려서부터 그토록 꿈꾸던 행복한 삶을 지금 내가 누리고 있다는 것도.

(2006.)

# 바람으로 살고 싶다

망우산에 갔다. 평일이라서 사람들의 발길이 뜸하다. 얼마 전까지만 해도 홍엽으로 곱게 단장했던 산이 어느새 회색 옷을 걸치고 마른 가지를 흔드는 바람 소리가 세월의 덧없음을 일깨워준다.

바스락 소리에 눈을 돌리니 꿩 한 쌍이 수북이 쌓인 낙엽을 헤치며 무엇인가를 찾고 있다. 한참을 바라보고 있어도 꿩은 아랑곳 않는다. 내가 적이 아님을 알아차린 것일까.

'사색의 공원길'이라는 팻말에 이끌려 처음 들렀을 때는 공동묘지라는 선입견에 사로잡혔는데 자주 가다보니 내 집 뜰을 거니는 듯 안온하다. 인생의 마지막 귀의처이기 때문에 그런가보다.

망우리의 유래는 태조 이성계가 지금의 동구릉 유택터를 발견하고 환궁하다가 고갯마루턱에서 '이제는 근심을 잊었다' 하여 고개의 이름이 잊을 망(忘), 근심 우(憂)로써 망우리가 되었다고 한다. 그

후부터 망우리 일대는 우리나라 최초의 공동묘지가 되었고 주민들의 쾌적한 공원으로 변모했다.

이곳에 있으면 나무와 풀 한 포기, 바람 한 줄기에도 누군가의 혼백이 깃들어 있을 것만 같다. 그것들과 조우하며 거닐다 보면 세상일에 지친 몸과 마음이 가벼워진다.

완만한 아스팔트길을 따라 걷다가 무료하면 낮은 자세로 소박하게 엎드려 있는 망자들의 집을 방문해 비문을 읽는다. 영겁에 비하면 찰나에 불과한 짧은 인생을 미루어 짐작하며 깊은 사색을 하게 된다.

얼마 전 중국을 다녀왔다. 서안을 관광하면서 인상 깊었던 것은 세계 8대 기적의 하나인 진시황릉과 병마용 갱이다. 세계적으로 개인을 위한 묘소로는 최대의 크기이며 시황제가 즉위한 때부터 37년에 걸쳐 만들어졌다고 한다.

중국 최초의 통일제국을 구축하고 만리장성을 축조하는 업적만큼이나 불로장생(不老長生)하려고 몸부림쳤던 시황제도 49세로 생애를 마쳤다니 늙고 죽는 건 그도 피할 수 없었던 모양이다. 대신 자신의 세력을 과시하기 위해 수천 개가 넘는 병사와 말의 모형을 순장했다. 그것이 바로 병마용 갱이다. 그런 끝없는 욕심에서 빚어진 유물이 지금은 가난한 후손들의 주머니를 채워주고 있으니 역사의 아이러니가 흥미롭다.

다시 길을 따라 걷는다. 옹기종기 모여 있는 봉분들이 오늘따라

정겹다. 그 중에는 역사에 족적(足跡)을 남긴 분들이 많이 있어 사적지가 될 만하다. 우두 보급의 선구자 지석영 선생, 승려 시인 만해 한용운, 소파 방정환, 민족을 위해 옳은 일이기에 꼭 해야 했다는 독립운동가 문일평·오세창, 비명에 간 설산 장덕수, 조봉암 선생 등의 묘 앞에 서면 경건한 마음이 된다. 그럴 때 나는 이름을 남길 만한 재간도 없고 업적을 남길 위인도 못 되니 어떻게 살다 가는 것이 옳은 일인지 생각해보게 된다.

약수터에서 물을 받아 가지고 입구에 거의 도착했을 때 내 시선이 머문 곳이 있었다. 우리의 전통과 정서에 맞도록 매장과 화장을 접목하여 개발해 만들어놓은 '한국형 가족묘' 석재 봉분이다. 우리의 좁은 국토를 염려해 묘지문화를 개선하자는 자구책이겠지만, 권력 있고 돈 많은 부유층에선 관심 밖인 듯하다. 평소엔 무심히 지나쳤는데 내 관심이 여기에 미치는 것은 무슨 영문일까. 봉분 둘레를 빙 둘러본다. 온 가족이 모여 앉은 두레상을 연상케 한다. 죽어서 재로 남아있는 것이 무슨 의미가 있을까. 근래에 와선 수목장(樹木葬)을 하는 사람이 늘어나고 있다. 바람직한 일이지만 내 사후는 나와 인연을 맺고 살던 이들의 가슴에 오래도록 간직될 그리움의 꽃 한 송이 남길 수 있으면 좋겠다. 그리고 내 몸은 한줌의 재로 산에 흩뿌려지고 영혼은 거칠 것 없이 자유로운 바람으로 살고 싶다.

(2005.)

# 새벽제단 쌓기

새벽 4시에 잠이 깼다. 오랜 습관이다. 하루의 일과를 시작하기 전에 교회로 나가 오늘도 감사와 지혜로운 삶으로 인도해 주시기를 주님께 기원하고 돌아오는 나의 발걸음은 가벼웠다.

대문에 들어서니 어둠이 슬금슬금 물러가며 동녘 하늘에 서기(瑞氣)가 어리기 시작했다. 마당에 떨어진 신문을 들고 방으로 들어와 다음과 같은 기사를 읽으면서 가슴이 쿵쿵 뛰었다. "새 천년 밀레니엄을 겨냥한 상품 및 행사가 잇따라 나오고 있는 가운데 일부 유통업체에서 뉴질랜드 기스본 여행권을 경품으로 내놓았다. 기스본은 날짜 변경선에 위치하여 2000년 1월 1일에 가장 먼저 해돋이를 볼 수 있는 도시로 히쿠랑이 산의 해돋이가 유명하다"는 것이다.

내 가슴이 뛰는 것은 그 여행권에 관심이 있어서가 아니다. 뉴질랜드는 남태평양 위에 떠 있는 섬나라인데, 몇 해 전 그 상공에서 일출 광경을 본 기억이 새롭게 떠올랐기 때문이다.

　가끔 철부지처럼 날아다니는 새들과 뜬구름을 보면 창공을 날아 미지의 세계 어디론가 가보고 싶다. 그런 내 마음을 알기라도 한 듯 중학교 동창생들이 해외여행을 가자는 소식이 전해왔다. 목적지는 피지섬과 뉴질랜드, 호주였고, 기간은 11박 12일이었다. 뜻밖의 소식에 어리둥절하는 내게 가족들은 등을 떠밀며 따뜻하게 호응해 주었다.

　난생 처음 가는 해외여행이어서 설렘은 컸다. 그러나 피지섬을 향해 떠나는 밤비행기에 올라 장시간을 가는 동안은 내 집의 편안한 잠자리가 그립기만 했다. 얼마나 시간이 흘렀을까. 요란한 엔진 소리를 들으며 눈을 붙이고 있는데 옆자리의 친구가 어깨를 툭 치며 해가 뜬다고 했다. 반사적으로 벌떡 일어나 승무원이 앉았던 창가 빈자리로 가서 밖을 보았다. 눈이 멀어버릴 것만 같은 찬란한 태초의 빛! 일출의 붉은 언저리는 사라지고 바다인지 하늘인지 분간할 수 없는 파란 벽에서 태양이 이글거리며 붉거져 나왔다. 우주선에서 보는 지구는 초록색을 띤 보석 같다고 하는데, 비행기를 타고 상공에서 내려다보는 바다는 파란 얼음판 같았다. 그 위에 눈덩이를 부숴 놓은 듯 흰 구름이 입체적으로 보였다. 파란 공간을 비추는 태양 빛은 투명하고 차갑게만 느껴졌다. 이곳이 내가 어려서 꿈에 그리던 하늘나라일 것만 같았다.

　내 고향은 야트막한 산이 삼면을 둘러싸고 있는 작은 마을이다.


최복희 수필집

댓돌 위에 앉아 앞산을 바라보며 산꼭대기에 올라서면 파란 하늘
도 뭉게구름도 만져볼 수 있을 것만 같았다. 그때는 사람이 죽으면
왜 산에 묻어야 하고 하늘나라에 갔다고 하는지 이해할 수 없었고
그 하늘나라가 궁금했는데, 내가 구름보다 높은 곳에 와 있었다. 넋
을 놓고 창 밖을 내다보다가 스튜어디스의 "손님 아침 드십시오."
라는 소리에 정신을 차렸다. 어둠을 밀어내고 찬란하게 밝아오는
신비의 일출을 처음부터 감상하지 못한 게 안타까웠다.

원시인들은 태양신을 믿었다고 한다. 태양은 태고의 영원과 함께
어둠을 물리치는 희망의 존재라고 한다. 생명의 원천, 세계를 밝히
는 빛으로 인간은 태양을 신같이 보고 깨닫는 힘을 주며 질서의식
을 찾아준다고 믿기에 누구나 해돋이를 보면서 숙연해지는 것일
게다. 나의 첫 해외 여행지가 지구상에서 제일 먼저 아침이 시작되
는 나라인데다가 그 상공에서 일출을 보았다는 것은 나에게 큰 의
미로 다가와 막연한 감사의 대상으로 하나님을 찾게 되었다. 반 백
년을 넘게 살아온 내 인생의 한 획을 긋고 새로운 삶으로 살아가리
라는 희망이 샘솟았다.

그 희망은 여행에서 돌아와 무신론자이던 내가 집에서 가까운
교회에 나가 새벽제단을 쌓는 계기가 되었다. 영생을 구한다기보다
범사에 감사하며 남은 삶을 살아가는데 필요한 지혜를 구하기 위
해서다. 난 아직 초신자이어서 그런지 앞으로 내 믿음이 견고해지
더라도 타 종교를 비판하거나 부정하지 않으려고 한다. 모든 종교

나 신앙은 태양에서 비롯되었고, 십자가도 태양 빛을 의미한다고 들었다. 믿는 대상만 다를 뿐 목적은 모두 평안을 얻기 위함이 아니겠는가.

'하루가 천년 같고 천년이 하루와 같다'는 성경 말씀이 있다. 내 삶이 문 닫는 그날까지 성실하게 하나님을 믿으며 날마다 새벽제단을 쌓아가노라면 새로운 천년 어디쯤에서 내 육신은 비록 한 줌의 흙이 되더라도 영혼은 저 높은 곳에서 영생을 누리게 되지 않을까.

(2000.)

# 남태평양에 조각배를 띄우고

여행은 추억으로 더듬어볼 때가 더 즐겁다. 나는 가끔 피지섬을 그리워한다. 여행을 다녀온 지 수 년이 지났건만 고향 친구들과 그곳에서 보낸 추억은 엊그제 일처럼 생생하게 그려져 아름다운 환상에 젖곤 한다.

피지는 1970년도에 영국 식민지에서 독립된 국가이다. 333개의 섬들로 이루어졌으며 면적이 우리나라 경상남북도만하다. 푸른 환초로 둘러싸였고, 오염되지 않아 비가 와도 빨래에 얼룩이 지지 않는다고 한다. 그래서 남태평양의 낙원으로도 불리며 세계인들이 해수욕을 즐기러 많이 가고 있다.

하룻밤을 묵고 마나섬으로 해수욕을 가던 날이었다. 쾌청한 날씨, 강렬한 태양 아래 쪽빛 바닷물은 잔잔했다. 그 위를 미끄러져 나가는 배 위에서 해풍에 머리를 휘날리며 달리는 기분은 하늘을 나는 것 같았다. 게다가 선상에서 음료수를 파는 피지의 청년이 기타 반주에 맞춰 우리 가요와 동요를 불러주어 감탄했다. 우리나라 관광객이 그곳을 많이 찾기 때문일 것이다. 「나의 살던 고향」을 불러줄 때에는 잠시 향수에 젖기도 했다.

나는 친구들로부터 슬며시 빠져나와 조타실 벽에 비스듬히 기대어 앉았다. 하늘을 보고 있으려니 몸이 바람인 듯, 구름인 듯 가볍게 흔들렸다. 구름 한 점 없는 하늘은 우리나라의 가을 하늘이었다. 나의 삶 속에 저처럼 맑은 날이 얼마나 있었을까. 구름이 끼고 비가 내리고 태풍도 분 날이 많았지만 남은 날들이나 저 하늘과 같은 날이 많기를 기원했다.

바닷물을 내려다보았다. 바닷물 색이 시시각각으로 변했다. 수심의 깊이에 따라 잉크빛, 옥빛, 초록빛으로 보이는데 산호가 있는 곳은 더욱 신비하다고 한다. 산호를 보고 싶었지만 수심이 얕아 비껴갈 수밖에 없어 아쉬웠다. 사람도 저 바다 속처럼 깊이를 알 수 있고 들여다볼 수 있다면 아마도 고운 마음을 간직하려는 사람들이 많아지지 않을까. 그런 생각에 잠겨 있을 때, 반짝반짝 빛나는 작은 물고기들이 물위로 높이 뛰어올랐다가 다이빙을 하듯 물 속으로 꽂혔다. 나도 그들을 따라 바닷물에 풍덩 뛰어들고 싶었다. 배는 섬 사이를 달렸다. 가까이 보이던 섬 하나가 갑자기 구름기둥으로 변하여 하늘과 맞닿았다. 아열대성 기후에서 나타나는 스콜현상이라고 한다. 푸른 하늘과 바람, 바다와 섬, 그 속에서 나는 무아의 경지로 빠져들었다. 갑자기 사랑하는 가족들과 집이 그리웠다. 객지로 여행을 가 봐야 가정의 소중함을 알게 되고 해외에 나가 봐야 애국자가 된다더니 그 말이 실감났다.

드디어 마나섬에 도착했다. 설탕가루처럼 고운 은빛 모래밭을 끼고 야자수가 즐비했고, 울창한 열대 숲 속에 낮은 건물들이 있었다. 남국의 풍치가 물씬 풍기는 가운데 청정한 남태평양 바닷물이 우리를 반겼다.

수영을 못하는 나는 구명조끼를 입고 해달처럼 누워서 물장구를 쳤다. 친구들은 멀리 위험방지선까지 다녀와서 감탄사를 터트리며 나를 놀려댔다. 바다 밑에는 산호가 깔려 있고 열대어들이 한가롭게 놀고 있어 환상적이라면서 그들은 다시 그곳으로 헤엄쳐 나갔다. 나도 1인용 카누를 타고 친구들을 따라나섰다. 지그재그 노를 저어 가까스로 목적지에 도달했을 때, 일본인 신혼부부가 고기밥을 뿌리며 놀고 있었다. 빛 고운 열대어들이 수면 가까이 떼로 몰려드는 게 아닌가. 나도 모르게 "와!" 하고 탄성을 질렀다. 친구들은 잠수하여 보이지 않고 나는 홀로 노를 저어 S자로 돌기도 하고 360도 회전도 하며 수평선을 향하여 미끄러져 갔다.

처녀시절에 영화 「남태평양」을 보면서 동경했던 그 열대의 비경 속에 흠뻑 젖었다. 그대로 세상이 끝난다 해도 후회되지 않을 것 같았다.

국내 명승지도 제대로 섭렵하지 못한 내가 열세 시간 동안이나 비행기를 타고 날아가 남태평양 바닷물에서 해수욕을 즐겼으니 꿈만 같다. 해는 수평선으로 기울고 있는데 나는 바람 따라 수평선 너머로 날아가고 싶었다. 1643년도에 외부인으로는 처음으로 그 섬에 발을 들여놓았다는 네덜란드의 아벨 타스만도 고국을 떠나 항해를 하면서 나와 같은 심정이 아니었을까.

석양이 부서지는 남태평양에서 조각배에 몸을 싣고 수평선을 향해 노를 젓는 내게 빨리 돌아오라고 부르던 친구들의 음성이 지금도 귓가에 들려오는 듯하다.

(1999.)

# 환상의 도시에서

　　봄꽃들이 다투어 피어나는 계절에 유럽 여행을 보름 간이나 다녀왔다.

　　첫 방문국이 이탈리아였는데, 도시 전체가 박물관이라고 일컫는 로마에서 각국 관광객들 틈에 끼어 바티칸박물관, 성 베드로성당 등을 누에 고갯짓하듯 관람하였기에 세계적으로 손꼽히는 예술품의 진미를 음미할 수가 없었다. 그러나 가는 곳마다 쉽게 접할 수 있는 웅장하고 고고한 석조 건축물 앞에서 감탄사를 터뜨리던 일만은 잊을 수가 없다.

　　정신없이 보낸 나흘간의 이탈리아 여행 중 마지막 코스인 베네치아로 향하면서 나는 겨우 평상심을 되찾았고 그곳이 불가사의한 물의 도시라는데 호기심을 불러일으켰다. 그동안 패키지여행에 길들여진 탓일까. 많은 인파 속에서도 나만의 감성을 가질 수 있었다.

베네치아는 수상(水上)의 도시, 낭만의 도시, 건축이 매우 뛰어난 도시다. 천 년 전부터 갯벌에 지반을 다져 5층 내지 7층 높이의 석조건물을 지은 것이 지금도 변함없어 세계 불가사의 중에 하나로 손꼽힌다. 자연 섬 3개와 115개의 인공 섬이 400여 다리로 이어져 있어, 지도를 보면 섬으로 모자이크한 물고기 모양의 도시다.

바다 위로 십리 길이나 이어진 다리를 관광버스로 건너가 대형 주차장에서 내려 다시 배를 타고 들어갔다. 그곳에서의 모든 교통수단은 배다.

드디어 베네치아에 발을 내딛고 보니 고풍스러운 건물들이 물 위에 떠있어 탄성이 나왔다. 우리가 마치 거대한 배 위에 서있는 것 같았고 거리의 활기찬 관광객들과 마주칠 때는 가슴이 울렁거렸다.

베네치아는 다섯 가지 상징물이 있다. 첫째가 날개 달린 사자다. 이것은 성경에 나오는 마가가 이곳에 유배되었고, 그가 날개 달린 사자로 상징되었기 때문이라고 한다. 둘째는 가면이다. 기독교 문화권에 사는 이 나라 국민들은 사순절에 금욕생활을 이기지 못해 신분을 감추고 욕구불만을 발산하기 위해 가면무도회를 열었다고 한다. 셋째는 곤돌라로 불리는 자가용 배다. 귀족들이 여러 섬 사이를 타고 다녔던 배다. 넷째는 크리스털 공장으로 1,000년 전부터 내려오는 크리스털 공업은 지금도 유명하다. 다섯째는 바다 위에 지은 건물들이다. 가는 곳마다 상징물들이 쉽게 눈에 띄고 상품화


최복희 수필집

되어 관광객들의 발길을 잡았다.

먼저 크리스털 상점에 들러 보석보다 더 화려한 크리스털 제품을 구경하며 그들의 장인정신을 엿볼 수 있었다.

오후에는 곤돌라를 탔다. 요술쟁이의 신발처럼 앞뒤가 뾰족하게 생긴 작은 배인데, 아코디언 연주자 1명과 가수 1명 그리고 일행 4명을 태웠다. 그 배에 앉아 사방을 둘러보았다. 중세기에 번성했던 왕국의 부유한 도시, 당시의 아름다움을 그대로 간직하고 있지만 회색빛 건물들에서 세월의 무게가 묻어났다. 르네상스의 전형적인 고딕 건물들과 섬과 섬을 잇는 운치 있는 수많은 다리들, 운하를 오가는 곤돌라의 행렬이 한데 어우러진 도시! 그 옛날 귀족들이 다니던 골목길 수로를 지나며 나도 귀족이 된 기분이었다. 귀에 익은 이태리 민요 「산타루치아」, 「오 솔레미오」, 「돌아오라 소렌토로」를 악사에게 청해 들으며 낭만에 젖어 보았다. 어쩌면 내 생애에 다시는 못 오게 될지도 모를 이 기적의 도시에서 옛날 부귀영화를 누렸던 귀족들의 낭만을 잠시나마 누려본다는 것이 가슴 뿌듯했다.

쌘마르코 광장엔 각국의 여행객들이 인산인해를 이루고 있었다. 그곳에서 자유시간을 얻어 그들과 어깨를 부딪치며 집시들의 노래도 듣고 윈도우 쇼핑을 하고 나서 마가 성당을 돌아보았다. 겉모습은 유럽의 여느 성당보다 화려하지는 않지만 건물 안의 천장과 벽화는 온통 금과 크리스털로 모자이크되어 있어 유명하다.

인파를 헤치며 걷다가 광장 계단에 앉아 주위를 감상했다. 거대한 건물에 붙어 있는 인물 조각상들이 내려다보며 나를 반기는 듯 활짝 웃고 있었다. 그것들은 그 많은 세월만큼이나 해풍과 먼지에 찌들어 골동품 같았다. 그곳에서 오래 머물고 싶었지만 주어진 자유시간은 눈 깜짝할 사이에 지나가고 말았다.

해는 서서히 수평선으로 기울어 가는데 우리를 태운 배가 물거품을 토해 내며 환상의 도시 베네치아를 점점 뒤로 밀어냈다. 그 모습은 마치 눈앞에서 사라지는 신기루 같았다.

도시 외곽에 있는 한적한 숙소에다 짐을 풀었다. 쉬 잠이 올 것 같지 않아 조용한 앞뜰 정원으로 나갔다. 잘 가꾸어진 우산 소나무 밑의 빈 의자가 우리를 기다리고 있었다.

내일이면 이탈리아를 떠난다는 생각에 아쉬웠다. 그리고 이 나라 조상들이 후손들에게 물려준 위대한 문화유산이 부러웠다. 우리나라도 5천 년의 역사를 담은 문화유산이 있지만 이들에 비하면 빈약하다는 것을 오늘에서야 알았다. 건물 하나를 완성하는데 수백 년이 걸린 것도 있고, 물 위에 지은 건물이 몇 백 년 지났는데도 변함없이 환상을 자아내는 이 나라의 건축 문화가 경이롭지 않은가.

하룻밤에 모래성을 쌓듯 건물을 짓는 오늘의 우리 세대는 후손들에게 무엇을 남겨줄 것인가. 나부터 반성했다. 아쉬움 속에 조용히 깊어가는 이탈리아의 마지막 밤을 추억의 갈피 속에 고이 접으며…

(2001.)

# 아름답고 슬픈 나라

오스트리아 인스부르크 관광을 마치고 국경을 넘어 스위스에 도착했다. 스위스 하면 알프스산맥이 떠오르고 동화 속의 나라로 상상되어 꼭 가보고 싶은 나라 중의 하나였다.

스위스의 웅장한 산들이 달리는 차창에 우뚝우뚝 따라붙었다. 신비로운 설산이 자태를 드러내 보이며 눈이 녹아 내려 골짜기마다 폭포를 이루었다. 비경에 넋을 놓다보니 우리가 하룻밤 묵을 마을로 들어섰다. 잔잔한 루체른 호숫가에 비둘기장 같은 예쁜 호텔이다.

저녁을 먹고 서둘러 호숫가로 나갔다. 훈훈한 밤바람에 호수가 일렁거렸다. 눈앞에 있는 작은 섬에는 드문드문 반짝이는 불빛이 별이 내려앉은 듯하고, 건너편 호숫가에 켜진 전등은 보석을 줄에 꿰어 두른 것 같았다. 야경을 즐기러 나온 일행들과 한마음이 되어 흘러간 옛 노래를 부르며 하늘을 보니 빙그레 웃는 반달이 나그네의 낭만을 더해 주었다. 그때 내 옆자리에 앉아있던 S방송국 PD가 루체른 호수에 얽힌 이야기를 들려주었다. 베토벤의 피아노 소나타 「월광」은 비평가 렐시타프가 그 곡을 처음 들으면서 루체른 호수의 달빛 아래 흔들리는 조각배를 연상케 한다고 하여 월광이라는 곡명이 붙여졌다고. 이야기를 듣고 보니 호수 위에 부서지는 달빛이 더욱 신비스럽고 출렁대는 물소리가 음악처럼 들렸다. 온 밤을 지새우고 싶었지만 내일 있을 리기봉 등정을 위해 아쉬움을 안고 숙소로 돌아왔다.

다음날 아침, 두툼한 옷으로 갈아입고 장난감 같은 산악기차를 탔다. 바퀴에 체인이 있어 산꼭대기를 오를 수 있는 최초의 기차로 120년이나 되었다고 하는데 조금도 허술하지가 않았다. 기차가 서서히 움직이면서 어젯밤 야경의 실체가 드러났다. 잔잔한 호숫가 녹음 속에는 그림 같은 집들이 옹기종기 모여 있고, 푸른 언덕에 있는 지붕이 뾰족한 집에서는 금방이라도 알프스의 소녀 하이디가 할아버지의 손을 잡고 걸어나올 것만 같았다. 쭉쭉 뻗은 전나무 숲을 지나 산꼭대기로 오를수록 펼쳐지는 설경은 점입가경이었다. 산 아래에선 꽃이 피는데 정상에는 겨울이라니 자연의 조화가 경이롭기만 했다. 기차에서 내려 해발 1,810m의 정상을 거닐며 아래를 내려다보았다. 산허리를 휘감은 흰 구름이 드라이아이스처럼 피어오르고 눈 덮인 먼산주름이 병풍을 세워놓은 듯했다. 햇살에 반짝이


최복희 수필집

는 눈을 한 움큼 쥐어 창공으로 힘껏 던졌다. 쪽빛 하늘에서 푸른 물감이 좌르르 쏟아질 것만 같았다. 눈이 녹은 땅에선 가녀린 꽃봉오리가 붓끝처럼 솟아있었다. 아, 생명의 신비함이여. 온갖 풍상 속에서 인고의 세월을 겪었으면서도 내색하지 않고 의연한 자태를 보여주고 있었다. 쭈그리고 앉아 여린 꽃봉오리를 조심스럽게 손끝으로 쓰다듬어 보았다.

그동안 로마의 문화 유적지를 돌아보며 인공으로 이룩한 찬란한 예술성에 놀라워 떨리던 가슴이 오늘 이 자연이 베푸는 신비함에 평온을 되찾게 했다.

내려갈 때는 케이블카를 이용했다. 하늘을 나는 기분이었다. 푸른 언덕에 노란 민들레꽃이 무리지어 환영해 주었다. 빙산의 일각이지만 스위스가 지닌 천혜의 멋진 풍광을 만끽하고 시내관광에 나섰다.

스위스에서 가장 아름답다는 도시 루체른. 18세기에는 이 나라의 수도였다고 한다. 현재는 공업도시이지만 거리의 화려한 상가 건물들이 상업도시의 인상을 주었다.

빈사(瀕死)의 사자상이 있는 작은 정원으로 갔다. 사자상은 절벽의 자연석에 새겨져 있고 앞에는 작은 연못이 있다. 안내자가 설명해주는 사자상의 유래를 들으며 가슴이 아려왔다. 등에 박힌 칼이 가슴을 뚫고 나와 숨을 거두기 직전까지 방패를 움켜쥐고 고통을 참으며 죽어가는 사자의 얼굴 표정이 처절했다. 그것은 스위스의 고난사를 담고 있었다.

　19C까지만 해도 스위스는 유럽 변방에서 수없이 외침에 휘둘렸고, 험한 산세와 척박한 땅으로 항상 먹을 것이 부족했다. 당시 가난했던 스위스의 유일한 자원은 젊은 청년들을 용병으로 쓰는 거였고, 사자상은 프랑스 혁명 당시 루이 16세의 호위병이었던 스위스 용병 768명을 기리는 상이다. 사자가 붙잡고 있는 방패의 흰 백합은 프랑스 부르봉 가의 문장이며 연못은 그때 흘린 피를 상징한다는 것이다. 스위스는 1815년 독립한 뒤 이러한 사실을 후손들에게 전하기 위해 1821년 덴마크 조각가 토르발슨에게 조각을 의뢰했다. 지금은 스위스 성지로 개가 출입할 수 없는 유일한 곳이 되었다. 후대의 소설가 마크 트웨인이 이곳에 들러 '빈사의 사자상'을 보고 '세계에서 가장 슬픈 조각'이라고 하며 30분 동안이나 눈물을 흘렸다고 한다.

　스위스는 이제 생계수단이 아닌 용병을 유일하게 바티칸으로 보내고 있다. 그들의 용맹성과 정의로움을 기리기 위함이라 생각된다. 그 용병들은 3개 국어가 능통하고 대학을 졸업한 키가 180cm 이상의 청년들이라고 한다.

　우리가 바티칸을 방문했을 때, 미켈란젤로가 디자인한 제복을 입고 교황청 정문에 서있던 늠름한 스위스 용병의 모습이 눈에 선하다.

　지금은 스위스가 수공업이 발달하여 시계 생산으로 명성을 떨치


최복희 수필집

고 1인당 국민소득이 세계 제1위이다. 이것은 1세대들이 일구어 놓은 부와 천혜의 입지조건을 잘 살려 관광왕국이 된 덕일 것이다. 그러나 풍요 속에 무료함과 변화가 없는 것이 사람의 욕망을 잃게 하는 것일까. 이 나라 젊은이들이 나라를 떠나거나 마약에 손을 대는 등 비행과 자살하는 숫자가 늘어나고 있단다. 스위스 여행을 마치면서 우리나라의 슬픈 역사를 떠올렸다.

우리에게도 동족상잔의 6·25전쟁으로 많은 젊은이들이 전장의 이슬로 사라져간 사실과 전쟁의 폐허 속에서 다시 부를 일구어낸 전쟁 1세대들의 노고를 어찌 잊을 수가 있겠는가. 세계 경제대국 12위권에 있는 우리의 청소년들 중에도 비행을 저지르고, 방탕한 삶과 지나친 사치와 마약에 손대는 젊은이들이 있다는 뉴스를 종종 듣고 있다. 그것은 우리에게 경종을 울리는 일이 아닌가. 동서고금을 막론하고 부의 가치가 사람의 행복을 좌우하지는 않는다는 것을 새삼 깨닫게 되었다.

스위스를 떠나기에 앞서 나는 상점을 몇 바퀴 돌다가 '빈사의 사자상' 목각을 하나 샀다. 이것을 내 아이들에게 선물로 내놓으며 아름다운 스위스의 슬픈 역사를 들려주리라.

(2001.)

# 인생의 영양소

나의 가장 뜻 깊은 여행은 남편의 회갑기념으로 다녀온 동남아 여행이다.

살을 에는 12월 새벽에 초록빛 상하(常夏)의 나라를 향해 집을 나서는 마음은 벌써 야자수 그늘 아래 백사장이 연상되어 따끈따끈 달아올랐다.

공항에 도착하니 기다리고 있던 여행사 직원이 예고도 않고, 인솔자 없이 홍콩을 경유해 태국에 가서 일행을 만나라고 하는 게 아닌가. 긴장은 좀 되지만 단체여행의 구속을 겪어왔기에 한편으로는 홀가분했다.

인천공항을 떠나 태국의 돈무앙 국제공항에 도착했을 때는 밤이었다. 출구로 나가니 먼저 도착한 일행이 반겨주었다. 처음 만나는 사람들이건만 헤어졌던 혈육을 만난 듯 서로서로 손을 잡았다. 우

리처럼 회갑기념 여행을 온 부부와 40대 젊은 부부, 그리고 초, 중
학교 학생들을 데리고 온 주부들, 모두 열세 명이었다. 태국 가이드
가 우리 일행을 보고 한 가족인 줄 알았다고 했다.

이틀간의 여장을 태국의 휴양지인 파타야에서 풀었다. 우리말로
는 '별이 쏟아지는 해변'이라고 하며 각국의 관광객이 즐겨 찾는
명소이다.

그곳에서 남편의 회갑 날을 맞게 되었다. 그런데 뜻하지 않게 가
는 곳마다 축제 분위기였다. 알고 보니 그 날이 태국 국왕의 생일
이었다. 우리는 에메랄드빛 바닷물에서 해수욕을 하고, 왕족의 정
원인 농룩빌리지에서 코끼리 쇼와 민속 쇼 등의 관광을 마치고 숙
소로 돌아오니 호텔 정원에 뷔페식 저녁이 준비되어 있었다.

정원은 야자수와 열대 꽃들로 가꾸어져 있고 한가운데는 풀장이
있으며, 색색의 꼬마전등이 별처럼 반짝이고 높은 나무에 매달린
수은 전등이 달처럼 비치고 있었다. 음식은 싱싱한 해물로 그득했
다. 식사를 하기 전에 가이드가 남편을 위해 깜짝 쇼를 했다. 먼저
우리 일행이 둘러앉은 식탁 위에 케이크를 펴놓고, 그 나라에선 국
왕의 생일날 술을 팔지도 마시지도 못 하게 되어 있다는데 그는 마
술사처럼 품속에서 술병을 꺼내더니 앞에 놓여있는 물 잔에 술을
따랐다. 그리고 오른 손을 번쩍 들자 정원 한쪽에서 여가수 한 사
람이 3인조 밴드의 반주에 맞춰 생일축가를 부르는 게 아닌가. 우
리도 손뼉을 치며 따라 불렀다. 정원을 가득 메운 다른 일행들도

축하객이 되어 주었다. 상상도 못했던 황홀하고 잊지 못할 회갑연
이 되었다. 같은 날 생일을 맞은 국왕이 과연 우리만큼 행복할까.
가슴이 뭉클하며 내 눈은 젖고 있었다.

　다음날, 태국에서의 일정을 마치고 싱가포르로 갔다. 싱가포르
공항은 깨끗한 공원 같았다. 공항을 떠나 평화롭고 고요함을 뜻하
는 센토사섬 관광에 나섰다. 그곳은 야생조 350종 7천 마리를 키우
는 세계 최대 규모의 야생조 공원이다. 그곳에서 새들의 쇼를 보면
서 새가 영어로 불러주는 생일축가도 들었다.

　밤이 되자 일행은 리버보트를 타고 화려한 유럽풍의 카페거리와
초현대식 금융가 빌딩, 내항과 외항의 환상적인 야경에 넋을 놓다
가 강을 끼고 형성된 카페 거리로 나왔다. 휘황한 조명 아래 음악
이 흐르고 술을 마시며 사랑을 속삭이는 연인들과 각국의 관광객
들로 활기가 넘쳤다. 우리 일행도 작은 케이크를 준비해놓고 어른
들은 생맥주, 어린이들은 과일 주스를 손에 들고 또 다시 남편의
회갑 기념 축배를 들었다. 라이브 음악으로 생일축가도 청해 들으
면서. 그 흥을 못다 풀고 호텔로 돌아와서 가이드가 준비한 샴페인
을 터트렸다. 남남이 모였지만 따뜻한 정이 흘러 넘쳤다.

　싱가포르 공항을 떠나올 때였다. 남편은 최선을 다하여 상냥하게
안내해준 가이드에게 주라고 쪽지편지와 함께 얼마간의 팁을 내
손에 쥐어주었다. 나는 그것을 그녀의 주머니 속에 깊숙이 찔러주
며 등을 다독여주었다. 관광이 끝나고 헤어질 때는 언제나 친정 식


최복희 수필집

구들을 보내는 마음이라고 말하며 눈물을 글썽이던 그녀의 모습이 지금도 눈에 선하다.

싱가포르에서 홍콩행 비행기에 오르니 일반 좌석은 빈자리가 없어 일반 좌석표를 들고 편안한 비즈니스석에 앉아 올 수 있는 행운도 얻었다. 홍콩으로 건너오니 어둠이 서서히 내리기 시작했다. 야경을 보기 위해 관광객이 몰린다고 해도 과언이 아닌 홍콩, 우리가 갔을 때는 크리스마스 준비가 한창이어서 어느 때보다도 화려한 야경을 볼 수 있었다. 오픈카 위에서 또는 배를 타고, 눈썰매를 타고 달리는 산타할아버지의 모습을 비롯하여 각양각색의 네온사인과 다섯 가지 보석 빛깔이 차례로 바뀌는 고층 건물, 물 위에 떠있는 호화 유람선의 불빛 등 현란한 홍콩의 야경을 만끽했다.

마지막 관광지인 홍콩을 떠나올 때는 가이드가 작별 인사를 하며 남편의 회갑선물로 '壽' 자가 새겨진 열쇠고리를 주었다.

귀국 비행기에 올라 나는 열쇠고리를 손에 쥐고 상념에 젖었다. 어려서 배고픔을 겪었던 우리는 생활이 나아졌어도 생일잔치 한번 제대로 해보지 못하고 살았다. 절약정신이 몸에 밴 때문이었다. 이번 여행에서 허기를 채우며 사는데 급급했던 5, 60대와 맞벌이를 하며 윤택한 삶의 여유를 즐기는 40대, 우리가 어렸을 때는 상상치도 못했던 호강을 누리며 부모와 함께 하는 해외여행을 학교 수업의 연장으로 견문을 넓히는 10대들, 이렇게 3대가 함께 해외여행을 즐기며 멋진 회갑잔치를 한 셈이 아닌가. 꿈이지 싶었다.

　이제 우리의 젊음은 고난의 세월과 함께 흘러갔다. 하지만 오늘날 인생은 60부터라는 말이 나올 정도로 수명이 연장되고 있다. 환갑은 인생길의 한 획을 긋고 새로운 길로 들어서는 출발점이라는 생각이 든다. 젊어서는 꿈을 안고 살고 늙어서는 추억 속에 산다고 했던가. 젊었을 때 우리의 꿈은 아이들 잘 키워놓은 후 여유 있는 노후를 보내는 것이었다.

　추운 겨울에 남편의 회갑기념으로 다녀온 동남아 여행의 추억은 나의 여생에 질 좋은 영양소가 될 것이다.

(2002.)

# 내 글의 첫 번째 독자

십여 년간 글을 써서 첫 수필집을 상재하기까지 가장 영향력을 준 사람은 내 영원한 곁지기입니다. 그는 내게 글을 쓸 수 있는 동기를 부여했고, 써 놓은 글 나부랭이를 빼놓지 않고 읽으며 칭찬을 아끼지 않았습니다. '칭찬은 고래도 춤을 추게 된다'는데 나도 그의 칭찬에 힘입어 열심히 글을 썼습니다.

그렇게 써온 글을 농민신문, 잡지, 일간신문에 투고하여 독자수필란에 실리게 되면 그는 나보다 더 좋아하였고, 우리 지역에서 실시하는 시민백일장, 주부백일장 등에 나가라고 등을 떠밀어 상도 받게 했습니다. 그것이 계기가 되어 수필 공부를 할 수 있는 어느 기관에서 오랜 동안 문학수업을 받고 문단활동도 하게 되었습니다.

그는 겨자씨만한 내 문학성을 발견하고 끊임없이 관심을 주어 발아시켜 주었던 것입니다.

　내가 문단에 발을 들여놓았을 무렵, 그는 어느새 내 독자의 자리에만 머물지 않고 따끔한 평자의 위치에 서 있었습니다. 그리고 내게 배달되는 여러 가지 문학잡지며 수필집을 나보다 먼저 읽고 다각적인 독서의 양을 늘려가며 나를 자극했습니다.

　외눈박이 물고기처럼 우리는 서로의 부족함을 보완해주며 그림자처럼 30여 년을 넘게 붙어살다 보니 그동안 써온 내 글 속에는 70% 이상이 남편과 함께 한 이야기가 담겨 있습니다.

　'당구삼년 폐풍월(堂狗三年 吠風月)'이라는 속담처럼 그는 글 쓰는 내 곁에서 자신도 모르게 수년간 글솜씨를 익혀왔던 모양입니다.

　그가 나가는 산악회 인터넷 카페에 올린, 그의 글 한 편을 여기에 옮겨 보았습니다. 그가 처음 쓴 작품입니다.

　이제는 내가 그에게 글을 쓰라고 부추겨야겠습니다.

# 월미도 change color

이종주

깊어가는 가을, 월미도를 찾았다. 내가 1960년대 그곳에 주둔중인 미군부대에서 군 생활을 하였고, 전역 후 몇 년의 세월이 흐른 어느 가을 날, 아내와 첫 데이트를 한 곳이기도 해 애틋한 추억이 깃든 장소이다.

30여 년 전, 용산 시외버스 터미널에서 인천 가는 버스에 올라 그곳에 갔을 때는, 당시 근무했던 부대는 이미 철수하였고 드넓은 갯벌은 간척지(干拓地)로 변하여 인적이 드문 가운데 잡초만이 가을 바람에 나부꼈다.

요즘의 월미도는 북적대는 관광객들과 놀이공원에서 흘러나오는 요란한 음악과 뱃고동소리, 연인들이 밀어를 속삭이는 낭만적이고 생동감이 넘치는 관광지로 변해 있었다.

초승달의 꼬리 같다고 하여 이름 지어진 월미도, 개항 이래 많은 외세에 시달렸고, 6·25전쟁 때는 인천상륙작전의 전초지로서 아군의 포화 속에 반격의 기틀을 이룩한 섬이기도 하다.

지금은 수많은 차량이 통행하고 즐비한 건물들이 이어져 섬 같은 느낌이 전혀 들지 않지만 내가 군에 복무할 당시만 해도 간척사업으로 육지와 연결된 벌판 위에 왕복 2차선 차도가 포장되어 있었다. 그 길로 군용차량과 미군들이 'kimchi cab'이라고 불렸던 우리나라 최초의 자동차인 '시발' 택시가 간간이 미군들을 태우고 부대 정문까지 오갈 뿐, 주위는 온통 억새풀과 잡초만이 해풍에 너풀거리는 황량한 벌판이었다.

그 시절은 민간인 통제구역으로 미8군 예하의 제2수송 항만 사령부(8th U.S. Army. 2nd Transportation Terminal Command)가 주둔(駐屯)하고 있을 뿐이었다. 그곳은 미 본토에서 운송되어온 군수품들을 남한 각처에 주둔중인 미군부대에 보급하는 병참기지(兵站基地) 역할을 하였다.

1964년 6월초 우리 보충병 일행 10명을 태운 차가 긴장감 속에 부대 정문을 들어섰을 때, 부대는 평화스러워 보였으며 아까시 꽃 향내가 후각을 자극하던 기억은 잊을 수가 없다. 첫 인상이 오래 가듯이.

나는 헌병대 소속으로 그들을 도와 경계와 순찰 임무를 주로 하였다.

간혹 싸우거나 소란을 피우는 병사들은 속칭 'monkey house'라고


최복희 수필집

하는 영창(營倉)에 구속되어 조사를 받았다. 여기서도 인종차별을 느낄 수가 있어 어떤 흑인 병사는 심야에 이곳에 억류된 뒤 "I'm a negro, black. I'm not guilty."라고 외치면서 자기의 억울함을 토로하기도 했다. 외출을 하거나 mess hall 에서 식사를 할 때도 흑백이 분리되는 것을 보면 인종과 피부색은 고금을 통하여 인류가 해결할 수 없는 난제인 것 같다.

그 당시는 오렌지가 얼마나 귀했는지 식사 때 일주일에 한 개 나오는 오렌지를 먹지 않고 간직했다가 외출시 인천시내 식당에서 15원 하던 한식과 바꿔먹던 기억은 격세지감을 느끼게 한다.

내가 바다를 처음 본 곳이기도 한 인천은 조석간만(潮汐干滿)의 차가 세계적으로 심한 곳으로 만조(滿潮) 때, 파도가 특유의 굉음(轟音)과 함께 포말(泡沫)을 일으키며 해안으로 접근할 때엔 자연에 대한 신비스러움과 경외감을 느끼게도 했다. 인간을 감동시키는 자연의 조화(造化)보다 더한 아름다움이 이 세상에 또 어디 있을까.

한·미 수호조약(修好條約)의 체결과 더불어 조성된 우리나라 최초의 서구식 공원인 자유공원엔 최근 철거 논란의 대상이 되고 있는 맥아더 동상이 서 있다. 맥아더장군은 인천상륙작전으로 역전의 전기를 마련하여 백척간두(百尺竿頭)의 위기에서 우리나라를 구해준 영웅으로 대다수 국민들이 존경하는 장군이다. 내가 찾아갔을 때는 의경들이나 퇴역 해병전우들이 주위를 경비하고 있어 가슴 아팠다.

지금은 일부 과격한 반미 친북 분자들의 타도의 대상이 되고 있으니 구국(救國)의 고마움도 역사 속의 망각인가! 그저 착잡한 심정 뿐이다.

워싱턴 한국 참전 기념비엔 다음과 같은 명문(銘文)이 있다.


Freedom is not free.

Our nation honors sons and daughters who answered the call to defend the country they never knew and the people they never met.

(자유는 거저 얻어지지 않는다. 조국은 우리의 아들딸들에게 경의를 표하노니 그대들은 이름도 알지 못한 나라의 만난 적도 없는 사람들을 지키기 위해 조국의 부름에 응했도다.)


과연 그들은 알지도 못하고 만난 적도 없는 동방의 작은 나라에 서 5만4천여 명이나 되는 고귀한 인명이 이 나라 산하(山河)를 수호 하다 산화(散華)했다. 엄청난 숫자이다. 전쟁이 일어나던 해인 1950 년 West Point를 졸업한 650여 명의 소위 중 360여 명이 한국전에 참전하여 40여 명이 죽었다. 또한 아이젠하워 대통령의 아들과 야 간에 B26 폭격기를 몰고 북한으로 출격했다가 영영 돌아오지 못한 벤 프리트 장군의 아들, 전쟁 중 부상당한 마크 클라크 U.N.군사령 관 아들을 포함하여 142명의 장군의 아들들이 참전하다 35명이나 되는 사상자를 냈다.


최복희 수필집

이것은 1953년 휴전협정에 서명한 Mark Clark UN군 사령관이 그의 저서 『다뉴브강에서 압록강까지(From the Danube to the Yalu)』에서 술회한 기록이다. 이 같은 사실은 우리에게 무엇을 시사(示唆)하는가. 병역을 기피하기 위해 국적까지 포기하는 오늘의 서글픈 현실에서 국민이나 지도층 인사들이 깊이 반성해야 할 대목이다.

미 역사상 처음 승자 없는 전쟁의 휴전협정에 조인한 사령관으로 패배감과 좌절감에 빠져 소리 없이 눈물마저 흘렸던 Mark Clack.

요즘 위정자나 지식인의 일부가 6·25를 북한의 통일전쟁이며 미국이 참전하지 않았으면 통일이 이루어졌을 것이라고 맥아더를 전쟁광, 원수라고 하며 그의 동상을 철거하려는 시위가 벌어지곤 한다. 반미나 친북 발언을 둘러싸고 학문의 자유니 양심의 자유니 운운하며 나라의 정체성이나 국시(國是)가 흔들리고 있으니 마치 방향감각을 잃은 '비키니 섬'의 거북을 연상케 한다.

'과연 우리는 지금 어디로 가고 있는 것인가.'

방향의 지표를 잃은 눈먼 사공의 배에 탄 나그네의 운명은 '비키니 섬'의 거북처럼 출렁이는 푸른 물결 쪽이 아니라 태양빛이 이글거리는 죽음의 장막이 드리워진 모래사장 쪽으로 슬픈 종말을 고할지도 모른다. 서서히 침몰하는 여객선같이.

갈매기의 울음소리, 출렁거리는 파도를 향수어린 눈초리로 바라보며 명상에 잠겨 해안 철책가를 경계근무중인 미군병사에게 당시의 심정을 묻는 질문에 동양의 작은 나라에서의 군 생활을 "No freedom. too far away from home." 하고 매인 몸으로 고향에 쉽게 가지 못함을 토로하기도 했다.

그들도 지금쯤은 인생의 황혼 길에 접어들어 젊은 시절 전후(戰後) 폐허가 된 이국(異國)에서의 군 생활이 그들의 뇌리 속에 어떻게 각인되었을까. 절망과 기아선상에서 벗어나 오늘날 한강의 기적을 이루고 경제대국으로 도약한 사실을 그들은 어느 정도 알고 있을까. 아니면 영상매체 속에 방영되는 반미나 화염병, 각목 같은 과격시위로 얼룩진 나라로 인식될까.

이러한 잡다한 상념에 젖어있을 때, 짧은 가을해는 월미도 산 그림자를 드리우며 길손의 마음을 더욱 재촉하는 듯했다. 낙조(落照)가 부서지는 인천 앞바다를 뒤로하고 귀가하는 차 속에서 아릿한 그리움이 뇌리를 스쳤다.

국가의 부름을 받아 사랑하는 부모형제와 떨어져야 하는 애별리고(愛別離苦)의 괴로움을 피할 수 없었던 그들의 그때 심정은 어떠했을까.

만산홍엽(滿山紅葉)으로 불타는 월미도 만추(晩秋)의 정경(情景)을 바라보며 "Wolmido change color!"라고 외치던 미군 병사의 외침이 귓가에 맴돌았다.

(2005. 11.)

# 행복의 샘물을 볼 수 있는 세계

서 정 범 |한국어원학회 회장

『새들이 찾아오는 집』을 읽어가노라면 작가네 집을 가보고 싶은 호기심이 생긴다. 집에서 기르는 가축들과 집 둘레에 있는 풀이나 나무, 꽃, 벌레, 날아드는 새들이 제가끔 아름다운 노래를 하고, 정겨운 이야기를 작가와 나누며 자연을 사랑하고 아끼고 가꾸는 모습이 잔잔한 감동을 자아내기 때문이다.

제초제는 땅에 스며들면서 식물은 물론 흙 속에 유익한 미생물까지 서서히 죽여 주위의 땅까지 황폐화시킨다. 인간은 필요에 의해 약을 개발하여 잡초를 제거하는 데는 성공했지만, 결과적으로 인간을 해치고 있다는 사실에는 무감각하다. 법규나 체제는 사람의 노력으로 쉽게 바꿀 수 있지만 완전 파괴된 자연을 회복하려면 그것이 만들어진 시간만큼 필요하다니 심각한 일이 아닌가. 문명의 이기로 이미 여러 면에서 자연 파괴는 멈출 수가 없는 지경에 이르렀다. 그러나 우리는 되도록 그 파괴의 속도를 늦춰야 하리라.

—「잡초와 힘겨루기」

「잡초와 힘겨루기」에서는 여름 장마 뒤, 무성하게 자란 잡초가 넓은 뜰을 덮어버려 가시에 찔리며 풀 넝쿨을 자르는 것을 본 이웃들이 제초제를 뿌리면 간단한 것을 뭐 그리 힘들게 하느냐고 한다. 그러나 작가는 그런 편리함을 모르는 것이 아니다. 제초제가 주는 공해와 땅의 황폐화를 염두에 두었기 때문에 잡초와 힘겨루기를 하는 것이다. 이 글에서 작가의 자연친화사상을 엿볼 수 있으며, 제초제를 뿌리지 않고 낫으로 잡초를 자르며 흘리는 땀방울이 고귀하다.

이외에 「자연이 살아 숨 쉬는 곳」「쏙독새 울던 밤」「지렁이 화분」 등의 작품에서도 자연친화 사상을 이루고 있다.


아무리 구순을 넘었다고 하여도 아들에게조차 보여주기 싫어하는 몸을 며느리에게 내 맡기게 된 아버님의 심정이야 오죽 심란하시겠는가. 각오를 단단히 하고 목욕 타월에 비누 거품을 내어 등부터 닦아드렸다. 등을 닦을 때는 그래도 수월했는데 마주앉아 닦으려고 하니 아버님이 고개를 숙이고 나를 안 보려고 하시는 게 아닌가. "제가 눈을 감고 닦아드릴 게요."

얼떨결에 쑥스러운 분위기를 바꿔보려고 다시 이야기를 꺼냈다.

"아버님, 저는요 얼마 전에 세상을 떠난 테레사 수녀나 다이애나보다 근심걱정 없이 평범하게 사는 제가 더 행복한 여자라고 생각해요."

내 말끝에 아버님은 부드러운 음성으로 그것이 바로 염라대왕이 부러워하는 삶이라고 하시며 들려준 중국의 야화 한 토막이다.

―「염라대왕이 부러워하는 삶」


「염라대왕이 부러워하는 삶」에서는 골절상의 후유증으로 거동이 불편한 구순의 시아버님이 보행기에 의지하여 운동을 하다가 바닥에 주저 앉아 러닝셔츠가 땀에 흠뻑 젖어 있는 것을 보고 목욕을 해드린다.

며느리가 시아버님을 목욕해 드리며 나누는 대화는 아름다운 그림을 보는 듯하다. 뿐더러 현장감과 생동감을 주는 표현이 자연스럽다.

어느 날인가 뜰에 날아온 멧비둘기를 까치가 갑자기 덮쳤다. 그때, 나는 까치를 겨냥해 손에 잡히는 대로 물건을 냅다 던졌다. 놀란 까치는 멀리 도망도 않고 울타리에 앉아 있고, 필사적으로 도망치던 비둘기는 이웃집 밭에 내리꽂듯 떨어졌다. 그것을 본 까치란 놈은 다시 쫓아가 또 덮쳤다. 급히 달려가 보니 비둘기는 이미 빈사 상태였다. 이렇게 횡포와 잔악성을 띤 까치는 그동안 사람에게 많은 환대를 받으며 살아왔지 않는가. 좋은 인품으로 믿어왔던 사람의 비행을 목격한 심정이었다.

―「까치와 까마귀」

「까치와 까마귀」에서는 흔히 까치는 반가운 소식을 전해주는 길조라고 여기고 있지만 멧비둘기를 잔인하게 공격하는 것을 보고 실제로는 그렇지 않다는 것과 흉조라고 여기던 까마귀가 오히려 사실과 다르다는 것을 나타내고 있는데, 작가의 직관력이 엿보이는 대목이고 개성적이다. 아울러 사람이 겉만 보고 평하는 것은 어리석은 판단이라는 것을 보여준다. 까마귀의 특성을 살피면서 자기 성찰을 꾀한 삶의 지혜가 담겨있다.

「꽃돌이와 꽃순이」는 가정에서 쫓겨난 떠돌이 개도 노숙자와 같이 경제난으로 빚어지는 사회적인 현실임을 꼬집으며 떠돌이 개에게 애정을 베푸는 사랑이 귀하다.

「촌닭」에서는 작가 자신이 촌닭이라는 것을 자각하고 서툰 시골 생활을 극복해 가는 과정을 현장감 있게 묘사해 재미를 더한다.

이 글의 주제를 압축하는

"나는 영원한 촌닭으로 남고 싶다. 날로 빛바래가는 늙은 촌닭 곁에는 다홍색 벼슬 하나만 가지고도 나를 설레게 했던 장닭이 서 있으니 촌닭이면 어떠랴."

라고 한 마무리가 인상적이다. 부부간의 사랑을 해학적으로 묘사하고 있다. 「떡국 두 그릇의 이벤트」, 「또 하나의 나」, 「사랑의 발마사지」에서도 행복이 묻어나는 부부애를 보여주고 있다.

항아리 속에는 김치와 함께 내 일손을 도와주던 이들의 정성과 사랑이 꼭꼭 채워졌다. 김치를 꺼내 먹을 때마다 그들의 사랑을 떠올리면 마음도 따뜻해졌는데, 올해는 어쩔 수 없이 김치를 사 먹게 되었다.

하지만 다시 건강해지면 내 손으로 재배한 무공해 농작물로 김장을 넉넉히 담가서 나가 사는 자식들에게는 물론이고, 형제나 친지, 이웃들과 나누어 먹으려고 한다.

– 「항아리 다섯 개」

「항아리 다섯 개」에서는 건강관계로 채전을 가꾸지 못해 30여 년 만에 처음 김장 항아리가 비어있는 것을 보고 아쉬워한다.

우리 것을 사랑하는 곱고 섬세한 작가의 정서가 옹달샘 같이 솟아나는 작품이다.

「새들이 찾아오는 집」은 제목에서 풍기는 것처럼 소박한 시골집, 행


최복희 수필집

복이 가득한 집, 음악이 흐르고, 나무가 있고, 꽃밭이 있는 집의 정서가 작품에 그대로 반영되어 있다.

끝으로 「남태평양에 조각배를 띄우고」, 「새벽제단 쌓기」, 「환상의 도시에서」, 「아름답고 슬픈 나라」 등 해외 여행기에서는, 흔히 여행기는 실용문으로 끝나기 쉬운데 작가는 그것을 극복하고 시적인 정서와 수필적인 면을 획득하고 있어 작가의 역량을 보여주고 있다.

작가의 수필 특징을 요약한다면

첫째, 수필적인 생활을 할 때 수필다운 수필을 쓸 수 있다는 것을 보여주고 있다. 뿐만 아니라 좋은 수필을 쓰려는 노력과 정성이 작품마다 배어 있다.

둘째, 꾸밈없고 간결한 문장이지만 정감이 배어 있으며 해학적인 시각이 문장의 질을 더해준다.

셋째, 자연이나 인간이나 혼탁하고 공해에 찌들어 있는 것은 자연의 순수성으로 돌아가야만 치유될 수 있다는 자연 친화사상이 주조를 이루고 있다.

넷째, 작가의 삶의 경험과 삶의 지혜는 독자에게 정신적인 풍요를 더해 줄 것이며 행복의 샘물을 볼 수 있게 한다.

회갑기념으로 첫 수필집을 상재하는 작가에게 치하와 축하를 보낸다.